밤의 나라

밤의 나라

초판 1쇄 | 인쇄 2018년 2월 5일
초판 1쇄 | 발행 2018년 2월 8일

지은이 | 김소윤
펴낸이 | 권영근
편 집 | 권영임
디자인 | 여현미

펴낸곳 | 도서출판 바람꽃
등 록 | 제25100-2017-000089(2017. 11. 23)
주 소 | (03387) 서울시 은평구 연서로22길 16-5, 501호(대조동, 명진하이빌)
전 화 | 02) 386-6814
팩 스 | 070) 7314-6814
이메일 | greendeer@hanmail.net

ISBN 979-11-962706-0-5 03810

값 13,000원

이 도서의 국립중앙도서관 출판예정도서목록(CIP)은 서지정보유통지원시스템 홈페이지(http://seoji.nl.go.kr)와 국가자료공동목록시스템(http://www.nl.go.kr/kolisnet)에서 이용하실 수 있습니다.(CIP제어번호: CIP2018003660)

밤의 나라

김소윤 소설집

도서출판 바람꽃

차례

밤의 나라

쾌속열차는 정확히 11시 54분에 출발했다. 객차 안이 관광객들로 북적인다. 유명 메이커가 선명한 트렁크를 끌고 선 그들 대부분은 한국인이었다. 일본어에 익숙해진 미호의 귀에도 한국어는 유난히 친숙하게 들려온다. 북조선과 같은 말이면서도 한국어는 훨씬 낭창낭창하고 때때로 간드러지는 웃음소리가 섞였다. 미호는 가끔 그들이 쓰는 단어나 문장의 뜻을 알아들을 수 없었다. 한 귀로 그런 것들을 흘려들으며 마른 쑥처럼 창백한 하늘을 바라본다. 그 밑으로는 오사카만灣이 완만한 수평을 그으며 이어졌다. 열차는 깊고 푸른 바다 위를 두려운 기색도 없이 씩씩하게 달렸다. 12시 40분, 난바역에 도착할 것이다. 미호가 머물고 있는 하숙집은 난바역에서 구로몬 시장을 가로질러 이십 여분 정도 걸어야 한다. 그리고 십 분쯤 지나면 무카키의 확인 전화가 걸려온다. 이것은 매일 아침 어둠이 걷히고 태양이 떠오르듯 변치 않는 사실이다. 착착 귀에 감겨오던 한국어가 생경하게 멀어진다. 그들과 미호는 전혀 다른 세계에 살고 있었다.

무카키는 걸쭉한 지방 사투리를 쓰는 전형적인 간사이 남자였다. 그는 필요한 말만 한다. 물건은 무사히 받아왔는지, 어떻게 접선할 것인지 등의 용건만 주고받은 후 예고도 없이 전화를 끊었다. 말을 하고 있는 중간에 통화 연결음이 들린다면 그것은 무카키의 용건이 끝났다는 신호다. 미호는 그와의 전화를 끝내고서야 양말을 벗고 침대 위에 반듯하게 누웠다. 방 안에서는 가능한 아무런 소리도 내지 않는다. 모든 조직원의 숙소에는 도청 장치가 작동되고 있었다. 녹음파일을 가져가는 것이 누구인지는 모른다. 무카키는 그의 명령을 받는 자였고, 미호 역시 심부름꾼에 지나지 않았다. 누구를 위한 심부름인지 모른다는 것이 이 일의 가장 큰 위험요소이자 안전장치였다. 심부름꾼 하나가 잡히더라도 조직은 무사할 수 있다.

미호는 잠이 들기 전까지 열차에서 마주쳤던 이들에 대해 생각한다. 그들은 대개 이십 대 중후반의 직장여성들이다. 때론 학생들도 있고 커플이나 남자끼리의 조합도 있지만, 오사카엔 쇼핑을 즐기는 여성들이 월등히 많다. 그들이 가진 시간, 돈, 혹은 당당한 국적은 언제라도 부럽다. 한 나라에 태어나 그 나라 사람으로 평생을 살 수 있다는 것. 미호는 서럽기도 하고 아프기도 했다. 고향의 많은 이들이 그 울적한 멍에를 지고 있었다.

미호도 한국에 살 때는 쇼핑을 즐겼다. 언니와 함께였을 때다. 쇼핑은 단순했다. 명동이나 동대문 거리를 쏘다니며 값싼 장신구나 화장품을 사고 떡볶이 같은 길거리 음식을 먹는다. 별스러울 것도 없지만 두 사람에게는 특별한 시간이었다. 꼭 필요하지는 않지만, 단지 마음이 내켜서 돈을 쓰는 것. 언니는 그걸 자유국가의 여유고 위로라고 했다. 재화의 무게만큼 세상으로부터의 가치를 인정받는다. 미호는 언니에게 묻고 싶다. 그것으로 충분히 여유가 되고 위로가 되었는지. 우리의 가치를 세상이 줄 수 있는 것인지. 언니 또한 답을 알지 못했음이 분명하다. 언니는 몇 해 전, 스스로 삶을 놓았다.

알람이 울린다. 저녁 일을 나가야 한다. 미호는 자리에서 일어나 캄캄한 방 안을 훑어본 후 전화기를 살폈다. 알람 신호뿐이다. 좋은 징조다. 무카키의 부재중 전화가 있거나 메시지가 남겨져 있으면 일은 더욱 복잡해진다. 미호는 욕실에 들어가 이틀간 입고 있던 옷을 전부 벗어 세탁기 속에 집어넣었고, 온몸에 비누칠을 해서 꼼꼼히 씻었다. 샤워를 할 때도 피부가 발갛게 되도록 때를 미는 것은 한국에서부터의 습관이다. 고향에서는 샤워라는 개념이 없었다. 더러움에 어느 정도 익숙해져야 한다고 배웠고, 사실상 최소한의 청결 말고는 신경 쓸 여력도 없었다.

샤워를 마친 후에는 정성들여 화장을 한다. 베이스를 토닥토닥 바르고 붉은 볼터치를 넣은 후 눈 화장은 더욱 신경 쓴다. 아이라이너를 반복해 바르고 속눈썹을 둥글게 말아 올린 후 마스카라를 덧발라 풍성하게 만들었다. 자그만 얼굴 속에 눈만 덩그러니 더욱 커 보인다. 드라이한 머리에 고데기로 컬을 만들어 내린 후, 자주색 미니 원피스를 차려 입었다. 날이 제법 추워졌지만 두꺼운 타이즈를 신을 수는 없다. 검은색 얇은 망사 스타킹을 신고, 부러질 듯 높다란 구두로 준비를 마쳤다. 중요한 것은 물건이다. 여행용 가방을 열어 몇 겹으로 덮어둔 비닐을 헤친 후 자그만 봉투에 든 물건들을 챙긴다. 대개는 얇고 자그맣다. 그것은 한국이나 일본, 중국 등의 여권이나 신분증이기도 했고, 때론 비밀스러운 정보가 담긴 문서이기도 했다. 미호는 물건을 받을 사람이 누구인지 모른다. 그저 누군가 이것을 통해 조금 더 행복지기를 바랄 뿐이다. 그러나 그들도 언니처럼, 오직 더 불행해지리란 예감이 드는 것은 어쩔 수 없다.

미호가 여섯 살 때, 고향은 물바다가 되었다. 기억 속에 남은 그림은 명확치 않다. 아버지가 어린 미호를 업고 산으로 뛰던 것만 선명하다. 그리고 고향에서의 다른 기억은 언제나 음울하다. 굶주림, 어둠, 아프거나 신음하는 사람들. 거리를 떠도는 유랑인과 때때로 엎디어 죽어가던 이들. 미호는 열 살에 두만강을 건넜다. 아버지와 어머니, 언니가 함께였다. 목덜미까지 차오르는 차갑고 축축한 강물을 건너 막 뭍으로 오를 때, 아버지는 날카로운 것에 발을 베였다. 따뜻한 피가 붉은 꽃처럼 강물로 퍼지던 것을 기억한다. 절뚝거리며 깊은 산속으로 찾아 들었다. 그 계절이 다 가기 전에, 아버지는 몸이 붓고 뜨거운 열에 신음하며 죽었다. 병원은커녕 약도 써보지 못했다. 남은 세 식구가 오종종 모여 앉아 땅을 팠다. 돌을 들고 파다가 나중엔 맨손으로도 팠다. 여전히 구덩이가 얕아 아버지의 옷자락이 삐져나왔다. 야생 짐승들이 파헤치지 못하도록 돌멩이를 잔뜩 쌓았다.

얼마 후 어머니가 중국 남자와 결혼했다. 어머니를 중매한 사람은 같은 북조선 사람이었다. 그를 통해 미호 자매는 어느 중국인 집에 얹혀 살 수 있었다. 어머니는 가끔 돈을 보내왔지만, 그것으로는 부족했다. 자매는 주인집의 가사일과 농사일을 거들었고 동네의 품앗이 일에도 나섰다. 밤이면 중국어를 배웠다. 주인집 아들이 책을 주고 말을 일러주기도 했다. 둘은 차차 중국인처럼 말했고, 가끔은 정말로 중국인인 것도 같았다. 언니가 열일곱이 되었을 때, 주인집 아저씨가 언니에게 청혼을 했다. 그는 사별한 지 오 년쯤 되었고, 나이는 마흔여덟이었다. 중국말을 가르쳐주던 아들이 불같이 화를 냈다. 미호는 열네 살이었다. 그 청혼의 의미를 잘 알 수 없었다. 언니는 날이 밝기도 전에 미호 손을 잡고 그 집을 떠났다. 어머니와 연락이 끊긴 지는 꽤 되었다. 아들을 낳았다는 소식은 아저씨에게 들었다. 언니는 더 이상 어머니를 찾아선 안 된다고 했다.

–어데루 가나?

불안한 듯 묻는 미호에게, 언니는 우물거리며 대꾸했다.

—행복할 수 있는 곳으로 간다.

—기쎄, 그거이 어딘데?

—한국, 남선 말이다.

미호가 요란한 경적 소리에 깜짝 놀라 뒤를 돌아본다. 메탈 소재의 액세서리로 번쩍번쩍 멋을 낸 일본 청년 둘이서 오토바이를 타고 가며 낄낄거린다. 미호는 하얀 입김을 후후 내뿜으며 귀찮은 듯 고개를 흔들었다. 도톤보리에서 이 정도의 추파는 일상이다. 낮에는 여행객과 먹거리로 가득한 거리가 밤이 될수록 화려하고 끈끈해진다. 몇 갈래의 대로와 골목이 촘촘히 이어진 거미줄 같은 거리는 다채로운 조명에 반사되어 대낮같이 환하고, 어둠을 닮은 검고 딱딱한 도로는 자동차와 사람이 뒤섞여 혼잡하다. 목적에 알맞은 상대를 찾아 거리를 배회하는 호객꾼이나 사내들, 그 사이를 푸른 눈의 백인이 가로지르기도 하고 관광객들이 우르르 몰려다니기도 한다. 키가 훤칠하고 몸매가 도드라지는 아가씨들이 진한 향내를 풍기며 지나고 피어싱을 잔뜩 한 청년들이 아무 곳에나 주질러 앉아 수군대는 도시. 음식이 내뿜는 훈기와 쓰레기, 오물이 얼크러지고, 돈벌이를 위한 자와 돈을 쓰기 위한 자가 뒤얽히는 도시. 이제는 새로울 것 하나 없는 이 도시를 미호는 망설임 없이 가로질렀다.

미호가 도착한 가게 역시 그런 밤거리의 풍경 중 하나다. 웰컴 투 무료안내소. 미호는 무료라는 말을 사랑한다. 안내라는 말은 더욱 그렇다. 낯선 타국에 떨어질 때마다 대가 없는 호의에 목이 말랐다. 그러나 어느 때든 그러한 친절이란 무서운 음모가 도사리고 있기 마련이었다.

무료안내소가 이끄는 곳 역시 썩 좋은 곳이 못 된다. 간혹 가라오케나 가벼운 술집인 경우도 있지만 대개는 일대일로 여성을 소개받는 곳이다. 여성들의 사진을 보고 선택하면, 그들과의 만남은 러브호텔이나 여성의 집에서 이루어진다. 거리 곳곳에 그러한 소개소가 즐비하다. 미호는 그중 한곳을 향해 빠르게 걸었다.

무료안내소의 입구에 서 있던 해사한 얼굴의 젊은 사내가 미호를 보고는 별다른 말없이 몸을 비켜준다. 안으로 들어서자 진한 향기와 분 냄새가 코를 찌르고 가슴과 엉덩이를 드러내다시피 한 여성들의 사진이 도배되어 있다. 미호를 발견한 중년의 남자가 벌떡 일어나 좁은 복도를 앞장서 걸었다. 중국에서 건너온 조선족이다. 키가 몹시 작고 뚱뚱한 그는 속이 훤히 보이는 정수리에 부분 가발을 정성스레 붙였다.

–일은 잘 됐소?

그가 속삭이듯 물으며 힐끗 돌아보았다. 미호는 고개를 끄덕이며 물건이 든 주머니 위에 손을 얹었다. 그가 유쾌한 얼굴로 휘파람을 짧게 불었다. 그를 따라 들어선 밀실에는 기다란 테이블과 디귿자의 소파가 놓여 있다. 문 바로 곁에 놓인 장식장에는 술병과 유리잔이 가지런하고, 천장에는 아름다운 샹들리에가 반짝거렸다. 미호는 소파 한 구석에 익숙하게 자리를 잡았다. 남자는 조용히 빠져나갔다.

30, 29, 28, 27…… 커다란 벽시계가 삼십 분의 시간을 밀어놓을 때까지 기다렸다. 이유를 물어본 적은 없다. 그건 일종의 약속이었다. 고객, 혹은 업소 직원을 가장한 알리바이일 것이라 추측할 뿐이다. 삼십 분이란 시간은 짧지 않다. 그러나 미호는 한 번도 지루해하지 않았다. 기다림이란 좋은 것이다. 희망과도 같은 말이었다.

한국으로 들어가기까지 꼭 오 년이 걸렸다. 언니의 야무진 입술에서 빠져나온 남선이라는 말은 미호의 일생을 바꾸었다. 북조선을 떠나면서 누구도 남선에 가겠다는 말은 하지 않았다. 조금 더 잘 먹고 잘 입어보고 싶었을 뿐이다. 남선은 도깨비나 금수만도 못한 흉악한 사람들이 사는 곳이라 했다. 조국을 배반하면 자다가도 불벼락을 맞을 것이라고도 했다. 미호는 그 말을 조금도 의심치 않았고 한편으론 다행스럽기도 했다. 산다는 건 누구나 다 그렇게 고단한 일이었다. 어린 미호의 맘에, 그것은 꽤나 공평해 보였다.

–우리들이 생각해온 곳이 아니다. 거긴 자유로운 곳이다. 누구든 부자가 되고 성공할 수 있는 낙원이란 말이다.

언니의 말은 어딘가 공허하게 느껴졌다.

–자유가 뭐인데?

–뭐든지 내 맘대로 할 수 있는 거이지.

미호는 하고 싶은 게 없었다. 부자가 되거나 성공하고 싶지도 않았다. 굶지 않을 만큼의 밥과 헐벗지 않을 만큼의 옷, 총부리를 겨눈 폭력만 없으면 된다. 그러자 언니가 웃으며 대답했다.

–그거이 자유다.

둘은 연길을 떠나 이곳저곳을 전전하며 청도까지 이동했다.

품앗이나 날품팔이를 하면서 이동하느라 꽤 많은 시간이 걸렸다. 하마터면 공안에 잡힐 뻔하기도 하고 공안만큼 무서운 조선족 납치꾼들에게 끌려갈 뻔도 했다. 그때마다 요행히 도망치거나 빠져나올 수 있었던 것은, 누구보다 필사적이었던 언니와 미호의 능숙한 중국말 덕분이었다. 가까스로 청도에 도착했을 때, 미호는 처음 보는 빤들빤들한 고층건물과 복잡한 도로, 거리마다 가득한 먹거리와 부유한 관광객으로 들끓는 도심의 모습에 감탄했다. 멀끔하게 차려입은 직장인, 자전거를 타고 가는 학생, 유모차를 끄는 애기 엄마, 층층이 이어지는 아파트와 풍요로운 시장 풍경. 미호는 언니 손을 붙잡고 연신 주위를 두리번거렸다. 언니는 오히려 초조한 모양이었다. 새하얀 모시에 묻은 얼룩이 두드러지듯 둘의 모습이 더욱 눈에 띈다는 것이다. 언니는 황급히 시장에 들러 꼬깃꼬깃 숨겨둔 위안을 꺼내 새 옷을 샀다. 밑창이 다 떨어진 신발도 바꿔 신고 지저분한 머리도 단정하게 잘랐다. 그러고 나니 감쪽같이 중국인이다. 언니가 말했다.

－누게든 물으면 랴오닝성에서 왔다 하고 자꾸 물어대면 조선족이라고 해라.

그때부터 기나긴 여정이 시작되었다. 둘은 때론 중국인이 되었고 조선족이 되기도 했으며 정 필요할 때는 북조선에서 왔다고도 했다. 시간이 갈수록 진짜와 가짜를 구분하는 것은 무의미했다. 오직 한국으로의 길을 만들어갔다. 언니는 용의주도하게 돈을 모으고 일을 꾸몄으며 단속이나 의심을 피하기 위해 갖은 노력을 기울였다. 미호는 그 울타리 안에서 오히려 무지했다. 언니가 무슨 일을 하는지, 어떻게 돈을 벌어 숨기고 또 비밀스런 정보를 얻어오는 것인지, …… 속으로 얼마나 곪아가고 있는지조차. 그렇게 세월이 흘러 미호가 열아홉이 되었을 때에야 둘은 태국으로 향하는 배를 탈 수 있었다.

삼십 분이 지났다. 미호는 미련 없이 일어나 물건이 든 봉투 하나를 꺼낸다. 술잔이 즐비한 선반 아래 자그만 상자 속에 감추면 끝이다. 이런 지루한 작업들이 무슨 의미가 있는지 모른다. 하지만 무카키는 이렇게 하기를 지시했고 미호는 명령을 받는다. 그것이 조직이다. 조직이라 해도 실체는 없다. 뿌연 연기나 자욱한 안개 속처럼 불분명한 대상이다. 미호는 언제나 그렇게 흐릿한 길 한가운데 서 있는 기분이었다.

마지막으로 문을 열고 나와 좌측으로 스무 걸음쯤 걸으면 작은 쪽문이 있다. 그곳으로 빠져나와 잠시 걷다 보면 다시 사람들로 북적이는 중심가다. 익숙한 음식 냄새와 소란스러움이 가득한 곳. 적막 속에 갇혔던 미호는 오히려 이쪽이 편했다. 붉은 스카프를 두른 한 여성이 미호의 어깨를 스치고 지나며 스미마셍, 하고 외친다. 곁의 일행들이 두런두런하며 웃었다. 한국인들이었다. 누구나 그랬듯 미호를 일본인으로 생각했을 것이다. 미호는 고개를 바짝 들고 상글상글 웃으며 그들을 지나쳤다. 일본인을 바라보는 그들의 눈에는 조금의 멸시나 차별도 없다. 미호는 그것이 늘 아프다. 그들로부터 돌아서자마자 미소는 스러지고 조금씩 다리가 풀린다. 굽이 지나치게 높다. 스타킹이 죄어든다. 치마가 너무 짧다. 미호는 제 모습을 새삼 힐난하듯 훑어보며 고개를 흔들었다.

주머니에는 아직 두 개의 물건이 남아 있다. 모두 전달하고 나서야 쉴 수 있다. 부지런히 걸었다. 또 다른 접선자를 찾아서. 조금만 삐끗하면 끝없는 나락으로 떨어진다는 것을 잘 알고 있다. 작은 실수, 느린 상황판단, 나태한 경계가 가져오는 끔찍한 결과를 미호는 숱하게 보았다. 태국으로 향하는 배에서 두 명의 밀항자가 죽었다. 단지 선원의 비위를 거슬렀다는 이유였다. 밀항자는 그들의 우리에 갇힌 포로였다. 태국에 숨어 있다가 라오스로 향하기 전에는 노인 한 명이 죽었고, 작은 여자아이가 크게 다쳤다. 아이의 부모는 아이를 라오스 시장 상인에게 버리다시피 떠맡겼다. 마침내 한국으로 들어서기까지, 살아남는 것만이 유일한 축복이었다. 미호는 가끔 울었고, 언니는 한 번도 울지 않았다. 미호는 가끔 포기하자고 했고, 언니는 한 번도 포기하려 하지 않았다.

언니는 중국어로 속삭였다.

– 잘 들어라. 우리가 가는 곳은 이제까지와는 딴판으로 다르다. 거기선 우리도 사람답게 살 수 있어. 사람답게 살 뿐이니? 집도 주고 돈도 주고 학교도 다니게 해준다. 조국도 부모도 못 해주는 걸 남선에서는 해준다더라. 정신 바짝 차리고, 이건 다 악몽이라고 생각해. 거기서 모든 걸 새로 시작하는 거다. 갓난아이처럼 다시 태어나는 거란 말이다.

언니의 핼쑥한 얼굴은 제대로 씻지 못해 잔뜩 때가 묻고 눈두덩이는 피로로 움푹 패었지만, 희번덕한 눈동자에는 오히려 광채가 흘렀다. 미호는 그때의 언니를 똑똑히 기억하고 있다. 다른 모든 고통의 순간과 지루했던 탈출의 과정은 어렴풋한 풍경으로만 남았는데, 언니의 말은 한 마디 한 마디 선명히 새겨져 있다.

미호는 밤이슬이 내리기 시작한 거리를 헤매며 몇몇의 호객꾼들과 부딪혔다. 이제부터는 누구인지 모를 접선자를 찾아야 한다. 특유의 신호를 보내는 자. 그가 다음 물건을 받을 사람이다.

무카키를 만난 것은 언니가 죽고 다시 한 번 타국으로 밀항을 시도했을 때다.

미호는 미호로 살기를 원치 않았고 북선도 남선도 아닌 전혀 모르는 곳에서 죽기를 바랐다. 그러나 이백만 원을 받고 밀항을 알선한 선장은 그날 밤 밀항자의 모든 것을 빼앗은 후 고베시 어느 부둣가에 미호를 버렸다. 미호는 몹시 두들겨 맞아 정신을 잃었고 여러 곳의 상처에서 피가 흘렀다. 쌓을수록 흘러내리는 염전의 소금 산처럼 미호의 짜디짠 마음은 모두 흩어져버렸다. 더 이상은 햇볕에 내어 말릴 수도 없었다. 미호는 그대로 눈을 감고 봄바람처럼 꽃잎처럼 둥실 떠오르기를 기다렸다. 오마니가 쪄주던 감자 맛, 옥수수 맛, 집에 돌아온 아버지가 풍기던 담뱃내, 언니가 만들어주던 자그만 헝겊 인형…… 잊었다 생각했던 것들이 하나둘 떠올라 오히려 미호를 무겁게 가라앉혔다. 강냉이 죽을 먹어도 그때만큼 좋았던 적은 없었다. 나 좀 데리고 가, 나도 데리고 가, 미호는 숨을 삼키듯 몇 번이나 흐느꼈지만 누구도 손을 잡아주지 않았다.

눈을 떴을 때, 기다랗고 붉은 얼굴에 짙은 눈썹을 가진 사내가 서 있었다. 하얀 와이셔츠를 입고 있어서 처음엔 의사인줄 알았다. 그는 미호의 체온계를 직접 빼서 간호사에게 건넸다. 간호사와 한참을 이야기하고는 곧 자리를 떠났다. 그가 무카키였다.

그도 역시 이유 없는 친절을 베풀지 않는다. 미호는 무카키의 조직에서 사들인 물건이었다. 선장은 거래를 위반하고 물건에 손해를 입혔다. 무카키는 그를 뒤쫓아 잔혹한 대가를 치르게 했다. 미호는 그 이야기를 세세히 전해 들었다. 미호를 위로하기 위한 것이 아니라 거래를 확인하려는 목적이었다. 무카키는 매서운 눈으로 미호를 쏘아보았다. 아버지처럼 키가 크고 몹시 마른 사람이었다. 안광이 빛나는 부리부리한 눈 속에 미호의 야위고 파리한 얼굴이 그대로 비쳤다.

–일본어부터 배워라.

그의 첫 명령이었다. 누군가의 소유가 된다는 것은 좋은 일이다. 적어도 미호에게는 그랬다. 아무 것에도 구속받지 않는 삶이란 망망대해를 떠도는 부표와 같다. 미호는 열심히 일본어를 배웠고 어느 식당에 기거하며 잡일을 도맡아 했다. 그들이 단순한 야쿠자가 아니라 국제적인 정치정보나 사람까지 주고받는 브로커 집단이라는 것도 알게 됐지만, 께름칙하거나 두렵지는 않았다. 미호는 조직의 심부름꾼이 되었다. 이태 전부터다. 북해도의 낯선 도시, 도쿄의 후미진 골목, 혹은 오키나와의 비밀스러운 접선지 등을 오가며 물건을 배달했다.

–네가 배달하는 것이 뭔 줄 알고 있나?

언젠가 무카키가 물었다. 미호가 고개를 흔들자 그는 피식 웃었다.

–위조 여권 정도는 아무것도 아니야. 더 무서운 것일 때도 있어. 마약 같은 것일 수도 있고, 누군가를 끝장 낼 위험한 정보일 수도 있지. 우리는 일본이나 한국, 북조선 어느 한 곳이 아니라 그들 모두를 곤경에 빠뜨리거나 혹은 혼란을 부추기는 일을 하는 거야. 무섭지 않아?

미호는 저도 모르게 웃었다.

—웃나?

무카키는 놀란 듯 되물었다.

—무섭지 않다기보다…… 잃어도 아쉬운 게 없으니까요.

—네 목숨이라도? 네 조국에 피해가 가도?

그가 깊은 우물에 두레박 하나를 던지듯 미호의 얼굴을 꿰뚫어보았다.

살아야 된다, 살아야 낙원 세상도 가고 뜨순 방에 맛난 이밥 먹으며 펜안히 산다. 거기만 가면 된다. 그때까지 벨 난리를 만나도 살자. 언니의 말이 봄날 모질게도 솟아나는 잡풀처럼 미호의 가슴에 들이쳤다. 살멘 살멘 좋은 날 온다, 언니가 부르던 노래가 더욱 밉다. 미호는 언니에게 대꾸하듯 다부지게 말했다.

—저는 조국이 없어요. 그건 모두 한낱 꿈이었는걸요. 분명한 현실은 여기, 무카키 당신 앞이라는 것뿐이에요.

무카키는 한동안 말없이 미호를 응시했다. 그의 눈은 처음처럼 서늘하고 깊었다.

한국으로 입국하면서 언니는 처음으로 울었다. 미호의 손을 몇 번이나 잡았다 놓았고 비행기 창밖으로 보이는 바다에 넋을 잃기도 했다.

–이거이 꿈이가 생시가. 우리가 참말 남선에 간다.

한국이 가까워올수록 언니는 긴장했고, 흐트러진 머리에 침을 발라 거듭 손질했다. 상기된 양 볼에 드러난 두 줄기 눈물자국이 더욱 애처로웠다.

–언니 진정해. 여기도 사람 사는 곳이야. 다 똑같은.

미호의 말에 언니는 처음으로 화를 냈다.

–똑같다니. 너이 아직도 사상교육이 박혀 있는 거 아니네? 이젠 우리부텀 달라져야 한다. 여기 사람들이 하는 말 잘 듣고 시키는 대로 하고, 알갔니?

둘은 하나원에 입소되었다. 한국에서 살아가기 위한 기본적인 것들을 배우고 탈북 배경과 과정에 대한 조사를 받았다. 언니의 기대와 달리 국정원 직원들은 그다지 친절하지 않았고 질문도 직설적이었다. 그러한 추궁과 조사로 지친 미호가 불평을 하면 언니는 속사포처럼 빠른 말로 미호를 꾸짖었다.

–너 북선으로 다시 잡혀간 사람들 이야기 못 들었네? 빈대득실대는 곳에 갇혀 만날 사상검증을 하니 숨긴 돈을 찾니 하는

통에 다 죽어 나온다구. 똥구멍에 입속까지 다 뒤지고 아주 아작을 낸다더라. 너 같으믄 집안에 사람 들이는데 뉘인지도 모르고 들이겠니? 같잖은 소리 말고 시키는 대로 해라. 곧 있으믄 집도 주고 돈도 준댄다. 그 고생을 하고 마지막에 요걸 못 참네?

언니 말은 대개 사실이었다. 미호는 언니 말을 의심해본 적이 없다. 하지만 언제부턴가 언니가 이야기를 하면 속으로 딴 생각을 했다. 미호의 학습 속도는 빨랐다. 누구보다 한국말을 쉽게 습득했고, 지하철 타는 법, 은행 이용법, 각종 생필품의 종류와 사용방법까지 능숙하게 익혔다. 그에 비하면 언니는 열등생이었다. 중국에서도 사용하던 휴대폰마저 어려워하며 헤맸다. 미호는 언니가 익숙해질 때까지 몇 번이나 거듭 설명했고 반복되는 질문을 귀찮아하지 않았다.

하나원을 나와서 둘은 작은 집을 얻었다. 열다섯 평짜리 전셋집이었다. 벽지는 몹시 낡았고 구석구석에서 쥐똥이 나왔다. 와, 좋다, 언니가 호들갑을 떨며 창을 열었다. 남산의 휘황한 야경이 반짝거린다.

—북한에서 뭐랬니? 저거이 다 거짓말이라 하고, 한강다리 밑에는 거지가 몰려 있다고 하더니…… 그거이 다 거짓뿌랭이

었지.

언니는 어느새 북조선을 북한이라고 불렀다. 미호는 묵묵히 바닥을 쓸고 걸레를 빨아 구석구석 닦았다. 페인트를 사다가 더러운 싱크대도 칠하고 낙서가 가득한 문짝도 칠했다. 며칠간 정성을 들이자 집은 제법 사람 사는 꼴이 됐다. 언니는 삼겹살을 지글지글 구워 정성스레 쌈을 싸 미호 입에 넣었다.

–남한에서는 이렇게 많이 먹는다지. 그래서 그렇게들 크고 길쭉길쭉 한가보다. 우리는 어릴 때 곯아서리 어디 일자리나 얻갔네?

언니는 손으로 둘의 작달만한 머리끝을 가리키며 웃었다.

–중국에서처럼 장사라도 하지, 뭐.

–안 될 소리. 너는 잔말 말고 낼부터 학원에 다녀라. 영어학원도 다니고 컴퓨터 학원도 다니고. 대학도 가야 하고, 할 일이 많다.

미호는 언니가 짊어진 짐을 나누려 했지만 언니의 고집을 꺾지 못했다. 언니는 미호보다 고작 세 살 많았다. 세 살을 먼저 살아낸 대가치고는 가혹한 짐이었다는 것을, 언니가 떠난 다음에야 알았다. 결코 회복될 수 없는 상처가 부러진 화살촉처럼 그 작은 몸에 무수히 박혀 있었다.

두 번째 접선자를 찾았다. 짧은 머리를 노랗게 탈색한 여자아이다. 아이는 까만색 잠바에 짧은 바지를 입고 털 부츠를 신었다. 짙은 화장과 과장된 행동으로 애써 감추어도 앳된 얼굴이 민낯처럼 선명하다. 아이는 거리를 배회하는 척하며 미호에게 다가왔다. 한쪽 다리를 조금 절룩거린다.

–물건은요?

아이는 정확한 일본어를 구사했지만, 미호는 고향 사람인 것을 금세 눈치챘다. 아무리 태연한 척해도 떨칠 수 없는 불안감이 아이의 눈동자에 서려 있었다.

–북조선에서 왔니?

미호의 질문에 아이는 노골적으로 눈살을 찌푸렸다.

–무슨 말인지 모르겠네. 물건이나 줘요.

아이가 주머니에 손을 찔러 넣자 끼드득 금속성의 쇳소리가 난다.

–나도 북조선에서 왔어. 반가워서 그래.

미호답지 않은 행동이었다. 누구에게도 하지 않은 이야기다.

어째서 처음 만난 아이에게 금기된 이야기를 늘어놓는지 자신도 알 수 없었다. 반복되는 일에 지쳤고 언니 생각도 많이 났다. 무카키가 고맙기도 하고 밉기도 했다. 무엇보다 아이의 가면 같은 얼굴이 꼭 자신인 듯 서러웠다. 끝내 수신인에게 닿지 못하는 유리병 속의 편지처럼 영영 낯선 타국을 떠도는 삶. 아이는 어디에서 흘러 이곳까지 와 닿았을까. 또 어디를 어떻게 떠돌게 될까. 미호는 아무것도 아닌 것이 되고 싶었다. 숨고 도망치며 불행하게 살고 싶지 않았다.

—이런 데서 일하면 안 돼. 도망쳐. 너에겐 아직 희망이 있잖아.

희망이라는 말을 할 때, 아이는 키득키득 웃었다.

—퍽도 희망이 있어서 우리가 여기에 있군요.

미호가 미처 대답을 하기도 전에 아이는 날카로운 칼날로 미호의 허벅지를 찔렀다. 삶의 순간마다 숱하게 스쳤던 고통의 조각들이 한자리에 일제히 박히는 것 같았다. 미호가 맥없이 주저앉았다. 아이는 무심한 얼굴로 미호의 주머니에서 물건을 꺼내더니, 제 것을 고르고 남은 것은 도로 쑤셔 넣었다. 미호는 거리 한구석에 홀로 남겨졌다. 허벅지에서 흐른 피가 검은 도로 위로 떨어진다. 미호는 고동색의 더러운 강물로 한없이 퍼져나가던 아버지의 붉은 피를 생각한다. 미호의 어딘 가에는 여전히 그 피가 흐르고 있었다.

차라리 마음이 편했다. 아이는 잘 살아갈 것이다. 적어도 자신들처럼 후회나 미련은 없을 테니. 미호가 절뚝거리며 공중전화 박스로 다가가 등을 기대고 앉았을 때, 핸드폰이 울렸다. 미호는 자신이 제거되리라는 것을 안다. 금기를 어긴 조직원들은 매정하게 버림받는다. 이제껏 예외는 없었다. 한번 조직원이 된 자는 일하거나 죽거나 둘 중 하나다.

–왜 그랬나?

무카키는 화를 내지 않았다. 오히려 담담했다. 처음 만났을 때 그의 붉은 얼굴과 하얀 와이셔츠가 떠올라서 미호는 살며시 웃었다.

–모르겠어요.

한동안 침묵이 흘렀다. 어디에선가 두 개의 눈동자가 미호를 보고 있을 것이다.

언니는 여러 종류의 공장과 회사를 옮기며 억척스레 일했다. 누구도 대놓고 피하거나 무시하지는 않았지만, 언니에게는 여전히 친구가 없었고 밤이면 드라마를 보는 것만이 낙이었다. 소개로 만난 남자가 북조선 출신이란 말에 줄행랑을 놓은 이후로 결혼은 생각지도 않았다. 얼마쯤 돈을 모으면 미호와 쇼핑을 했고 더 큰 돈은 미호의 대학 입학금으로 모아두었다. 집도 살 거라 했고 중국으로 여행도 가자했다. 그곳에 가면 우리가 건너온 두만강을 볼 수도 있단다. 그러면 우리 침이나 퉤퉤 뱉어주자고 했다. 그러나 정작 언니가 무너진 것은 그 중국여행 때문이었다. 조선족 가이드를 따라 오른 산자락에서 두만강을 넘겨다본 언니는 무릎을 꿇고 앉아 흐느끼며 울었다. 벌거벗은 산 아래서 밭일을 하는 사람들, 개울에서 모래를 퍼 담는 사람들, 손을 맞잡고 뛰어가는 아이들. 흐릿하던 기억들이 불시로 선명해졌다. 언니는 눈물을 그치지 못했고, 자매가 한국인이라고 생각한 조선족은 유난하다며 비웃었다.

한국으로 돌아온 언니는 시름시름 앓았다. 밥도 먹지 않고 총기를 잃은 캄캄한 눈이 허공을 헤맸다. 언니에겐 변화가 필요했다. 동료와 작은 가게를 내기로 했다. 미호는 자신의 대학 입학을 미루고 적극적으로 일을 도왔다. 언니는 오랜만에 웃기도 하고 잔소리도 했다. 그러나 개업을 일주일 앞두고 동료가 사라져버렸다. 언니보다 나이가 조금 많은 한국인 여자였다. 싹싹하게 다가와 유일한 친구가 되어준 사람. 계약이 취소되던 날, 언니는 미호에게 아무런 말도 남기지 않고 죽어버렸다. 그토록 많은 고락을 함께 해놓고, 떠날 때는 더없이 이기적이었다.

—접선자를 찾아.

한참을 뜸들이던 무카키가 말했다.

—제가 아직 조직원인가요? 전 지금 걸을 수도 없는데.

미호가 가로등 사이로 띄엄띄엄 박힌 별들을 올려다보며 물었다.

—네가 찾는 자는 다리에 부상을 입었다.

무카키의 목소리가 조금 떨렸다.

—물건을 전하고, 받은 자는 그 내용대로 행동하면 된다.

일방적으로 전화가 끊겼다.

미호는 손에 묻은 피를 옷자락에 닦고 아이가 남겨두고 간 물건을 꺼내 들었다. 봉투를 펼쳐본 것은 처음이다. 비닐과 종이, 테이프로 겹겹이 밀봉되어 있다. 하나씩 껍질을 벗겨낸 끝에 나온 것은 미호의 얼굴이 박힌 위조 여권과 달러뭉치였다. 슈카 아오키. 미호는 여권 속의 이름을 멀거니 바라보았다. 슈카, 잃어버린 향기. 무카키의 서늘한 눈이 문득 쓸쓸하게 느껴졌다.
만 달러, 그 묵직한 돈 끝에 샌프란시스코행 비행기 티켓이 함께 들어 있었다.

언니를 그렇게 만든 것은 자신이었다. 미호는 그 생각으로부터 자유로워질 수 없었다. 그 불행은 곧 자신의 불행이기도 했다. 하지만 이대로 끝내버리기에 그들이 보내온 밤은 너무도 고단했다. 미호는 언니를 위해 샌프란시스코의 슈카가 되기로 한다. 무카키는 독단적 행동에 따른 대가를 치를 것이다. 그래도 미호는 그의 마지막 명령에 순종한다. 그것이 둘의 방식이었다. 따뜻하게 흐르던 피가 차갑게 굳어간다. 더 이상 나빠지기 전에 일어서야 했다. 그런데도 미호는 자꾸만 잠이 왔다. 잠에 빠지지도 못하고 떨치지도 못한 채, 미호는 낯선 땅 어느 거리에 밤이 새도록 앉아 있었다.

붉은 목도리

1

토닥토닥, 빗방울이 창문을 두들겼다. 여자는 한 코 한 코 목도리를 뜨다가 잠시 손을 내려놓았다. 겨울비가 내리는 모양이었다. 창밖을 내다보니 희미한 여명 속에 젖은 도로가 번들번들 얼어붙고 있었다. 여자는 서글픈 눈으로 빗길을 바라보다 이내 잡념을 털어내듯 커튼을 바짝 내렸다. 다시금 손에 쥔 바늘 사이로 쉴 새 없이 붉은 털실이 오가며 거미줄처럼 촘촘한 길을 만든다. 동이 트기 전 목도리 하나가 더 완성되었다.

"14호님, 또 밤 샜어요?"

커튼으로도 막을 수 없는 정오의 햇살이 눈부시다. 센터 직원이 근심 어린 얼굴로 서 있다.

"그러지 마시라니까. 아이한테 해로워요."

직원은 방문에 프린트 물을 붙이고 간다. 12월에 들어서 새롭게 바뀐 프로그램 안내서였다.

여자가 살고 있는 곳은 탈북 여성들을 위한 보호소였다. 보호자가 없는 산모들이 임시로 머무르는 곳이다. 새로 나온 프로그램을 눈으로 짚어가다가 '아이 이름 예쁘게 짓기'라는 제목에서 멈췄다. 이곳의 여성들은 대부분 아이의 이름을 스스로 붙였다. 여자는 정순이라는 자신의 이름을 떠올린다. 그러나 그렇게 불리는 것을 싫어했다. 자신과 어머니를 버리고 홀로 탈북해버린 아버지가 준 이름이었다. 누구에게나 자신을 14호라고 소개했다. 여자가 아버지 때문에 평안남도에 있는 정치범수용소에 평생 갇힌 것을 알고 있는 동료들은, 그런 까칠함을 이해하는 동시에 한편으로 두려워했다. 그들이 두고 온 누군가는 네 살의 여자처럼 수용소로 끌려갔을 터였다.

여자는 뜨개질 밑으로 불쑥 솟아오른 자신의 배를 내려다보았다. 아이 아버지가 누구인지 알지 못했다. 수용소만 탈출하면 행복해지리라는 기대는 얼마나 덧없는 꿈이었던가. 수용소에서의 세월과 탈출 후 중국 국경을 맴돌던 일, 다시 붙잡혀 총살당한 어머니…… 가슴에 일어나는 뜨거운 불덩이를 느끼고 서둘러 대바늘을 잡았다. 그러나 바늘이 자꾸만 헛나갔다. 여자는 몇 줄의 코를 풀었다가 다시 엮기를 반복했다.

몇 달간 중국의 깊은 산속에 숨어 있었다. 풀숲에서 자고 동물들이 먹다 버린 것을 주워 먹었다. 누군가 내놓은 개밥 한 그릇이, 여자가 생애 최초로 맛본 쌀밥이었다. 숨겨주겠다는 한 조선인에게 속아 중국인 아내로 팔려갔다. 몇 해를 헤맨 끝에 간신히 한국에 들어올 수 있었지만, 고생이 모두 끝났다 생각한 순간 임신 사실을 알았다. 매질을 일삼는 남편에게서 도망쳐 노래방에 머물 당시 생긴 일이다. 거기서 모은 돈으로 여자는 브로커에게 자유를 살 수 있었다. 그러나 그 돈이 또한 족쇄가 된 것이다.

내 잘못이 아니다, 여자는 깊은 숨을 내쉬며 생각했다. 영문도 모른 채 끌려가 비참하게 살았던 지난 시간도, 낯선 길을 떠돌며 때론 도망자로 때론 거리의 여인으로 지내야 했던 시간도 내 탓은 아니다. 누구에게 변명이라도 하듯 거듭 되새겼지만,

가슴 안에 일렁이는 불은 쉬이 사그라지지 않았다. 여자는 바늘을 내려놓고 배 위에 손을 얹었다. 아이는 작은 천국에서의 온전한 행복을 방해하지 말라는 듯 거세게 꿈틀거렸다. 여자의 두 눈이 애잔한 슬픔으로 젖어 들었다. 아이를 반드시 입양 보낼 것이다. 처음부터 모든 것을 가지고 태어난 평범한 한국인 부부의 자녀로…….

2

흔히 순악질 여사로 불리는 최문옥은 아침부터 분주했다. 한 자원봉사자가 왜 그렇게 서두르신대요, 했다가 오늘이 수요일인 거 모른다냐? 하고 대번에 핀잔을 받았다. 자원봉사자는 고개를 끄덕이면서 외출 준비를 도왔다. 문옥은 벌써 이십 년째 수요일 외출을 이어오고 있었다. 그것은 순천에서 서울까지 이르는 먼 길로, 일본대사관 앞에서 열리는 일본군 위안부의 평화시위에 참석하기 위한 것이다. 그만하면 됐지 않냐 누군가 말릴라 치면 순악질 여사다운 면모를 유감없이 발휘하며 악을 썼다.

"내가 거기 끌려 가 얼마나 고생을 했는지 지대로 알기나 허요? 고생만 했으면 다행이지, 온 끔찍한 일을 다 당허고. 그놈들이 사람이었간? 짐승도 그렇게는 못혀!"

벌써 여든여덟의 고령이었다. 보다 못한 직원이 오늘은 비가 오니 쉬시지요, 하고 말렸으나 된소리나 들을 뿐이다.

"내가 안 가면 누가 간디야. 한 사람이라도 목소리를 더해야 그 알량한 쎗바닥으로 사과 한마디라도 듣고 죽지. 더구나 오늘이 보통 날이간디. 우리가 이십 년째 해온 시위가 천 번째나 된단 말이여. 오늘 같은 날 빠지면 눈 감는 날 꺼정 후회할 것잉게."

문옥은 바락바락 온 요양원이 떠나가라 소리쳤다. 동참해주지도 응원해주지도 않는 이들에 대한 은연중의 원망이기도 했다. 화사하게 차려입은 문옥을 못마땅히 쳐다보던 한 노인이 "그기 무신 자랑이라고 동네방네 떠드는가……." 하고 중얼거렸다. 주변의 노인 몇도 쿨럭 거리며 웃었다. 막 신발을 꿰어 차던 문옥이 걸음을 돌렸다.

"이보시요, 내가 거기 가고 싶어 갔능가? 내가 안 갔으면 당신 마누라, 당신 딸, 당신 누이가 끌려갔을 것을 왜 모르요? 그때 끌려간 처자만 몇 십만인디, 내가 아니면 니고 니가 아니면 낸디!"

노인은 문옥의 말에 대꾸할 말이 없어 입을 다물다가 "누가 뭐랬나……." 하고 은근슬쩍 넘어간다. 문옥만 분이 날뿐이었다.

무궁화호를 타고 서울로 향한다. 아침 일찍 일어나 삶아온 계란을 꺼내 주위에 나눠준 문옥은 마지막 남은 하나를 깨물어 먹었다. 추적추적 내리기 시작한 빗방울이 메마른 추위를 비집고 땅을 적신다. 꼭 이런 계절에 뜻도 없이 끌려갔던 날을 생생히 기억한다. 열다섯이었다. 건너 마을에 사는 당숙에게 심부름을 가던 길, 낯선 순사에게 붙들린 문옥은 미처 달아날 틈도 없이 배에 태워졌다. 기름내 자욱한 배에는 이미 자신 같은 소녀들로 그득했다. 집에 가야 한다고 울면서 매달리면 날아오는 건 발길질뿐이었다. 하나가 울면 열이, 백이 울었다. 그런 날은 주먹밥조차 나오지 않았다. 나이 많은 언니 하나가 나서서 말했다. 전쟁은 끝나게 되어 있으니 그때까지만 꾹 참고 지내잔다. 그저 노역장이나 공장 같은 곳인 줄 알았으니 하는 말이었다. 그러나 인도네시아 어딘가에 도착한 그날 밤부터 시작된 일들은 차마 기억할 수 없을 만큼 참혹했다. 문옥은 창밖에 비치는 쪼글쪼글한 얼굴을 가만히 들여다보았다. 가슴에 맺힌 한이 모두 주름으로 남았는지 어디 하나 반듯한 곳이 없었다. 질병에 침식당한 한쪽 눈은 백태가 낀 듯 흐릿했고 스카프로 동여맨 목 언저리에는 칼자국이 아직도 선명했다. 계란을 한 입 삼킨다. 목이 막혔다. 문옥은 답답한 가슴을 부질없이 두들겼다.

어찌 잊을 수 있으랴. 비좁은 방에 덩그러니 놓여 있던 야전 침대와 문 밖의 서른 명이고 오십 명이고 줄지어 있던 일본군들. 그들의 얼굴을 보는 일은 없었다. 그저 눈을 감고 견딜 뿐이었다. 그들은 자신이 상대하는 여자가 사람이라는 생각은 하지 않는 듯했다. 사람이라고 생각한다면 차마 그럴 수는 없는 일이다. 조금만 저항을 하거나 비위를 건드리면 날카로운 군도軍刀을 휘두르거나 내리 꽂았다. 그악한 상황 속에서도 임신을 하는 여인은 태아와 함께 자궁을 적출 당했다. 군의관에게 끌려갔다 온 동료 하나는 몇 날 며칠이고 울었다. 이제 고향으로 가긴 틀렸다. 시집가기는 틀렸다…… 고향에 돌아가 시집갈 꿈을 품고 있었다는 그 말이 또한 서러워 다 같이 울었다. 그렇게 이 년쯤 지났을 때, 문옥은 희망을 버렸다. 동료 한 명이 장교에게 매독을 옮겼다는 이유로 참혹하게 죽임 당한 날이었으며 자신의 자궁이 드러내진 날이었다. 스스로를 사람이 아니라고 생각해야만 살아남을 수 있었던 곳. 그들 또한 사람이 아니라고 생각해야 그나마 견딜 수 있었다. 그곳에서 보낸 육 년의 시간은 모든 것을 앗아갔다.

문옥은 팽, 하고 코를 푼다. 참혹한 과오는 역사 속에 묻혔다. 전쟁이 끝나고 그들은 증거인멸을 위해 위안부들을 몰살시켰다. 간신히 살아남은 이들도 타향을 맴돌거나 가족들에게 버림받았다. 문옥 역시 마찬가지였다. "조상님들 얼굴을 어찌 본다냐……." 하시던 어머니는 화병을 얻어 돌아가셨다. 어머니의 장례가 끝나자, 큰오라비는 머뭇거리며 강원도의 한 친척집 주소를 내밀었다. 무슨 뜻인지 알 수 있었다. 문옥은 보따리를 싸 외지로 떠난 후 평생을 홀로 떠돌며 살아왔다. 정부가 일본군 위안부에 관심을 가진 것은 그로부터 사십 년이란 세월이 흐른 뒤였다. 일본군 위안부 피해자로 등록한 동료들은 겨우 이백삼십사 명이었다. 누군가는 과거를 완전히 잊고자 했기 때문이고 누군가는 이미 죽거나 타국으로 떠난 뒤였다. 살아남은 이들의 늙고 초라한 육체는 세월과 함께 급속히 나빠졌다. 올해 들어 사망한 동료들만 해도 열여섯 명이었다. 이제는 예순 명 남짓만이 남아 수요 집회를 이어가고 있었다.

처음 이 집회가 시작되었을 때, 천 번이나 하게 될 줄은 몰랐다. 당연히 일본 정부가 인정하고 사과할 줄로만 믿었다. 전쟁 중에는 잠시 사람이 아니었을지라도, 이제는 사람다운 정신을 차렸겠거니 했다. 그러나 그들은 대책 없이 뻔뻔했다. 대사관 밖의 무리를 제대로 한번 바라보는 일도 없었다. 심지어 정부까지도 노인들을 친절히 버스에 실어 시청 광장으로 내쫓곤 했다. 문옥은 순악질 여사라는 별명과는 전혀 어울리지 않는 어린애 같은 얼굴로 눈물을 삼켰다.

3

붉은 목도리를 하나 더 완성한 여자는 제법 큰 골판지 상자를 가져와 뚜껑을 열었다. 거기에는 같은 색깔의 목도리가 가득했다.

"솜씨 하나는 죽입네다."

옆방의 동료가 들어서며 말했다. 여자는 말없이 고개를 숙였다. 동료는 입을 삐죽거리며 의자를 끌어온다.

"그르믄 안 돼요. 자꾸 격이 지게 굴면 누가 동무를 하갔어요?"

그러나 여자는 새 털실을 꺼내어 정성스레 부빌 뿐이다. 동료가 짧은 숨을 내쉬고는 그런 꼴을 보기도 싫다는 듯 다시 나가버렸다. 그제야 여자는 빈자리를 힐끗 쳐다본다. 냉랭히 굴던 조금 전과 달리 그늘이 진 얼굴이었다. 여자는 도무지 누구와도 동무를 할 수가 없었다. 이십 년이 넘게 살아온 수용소에서 배운 것은 불신만이 진리라는 사실이었다. 함께 옥수수를 훔쳐 먹던 동무가 하룻밤 새 여자를 도둑으로 몰아 매타작을 당한 때도 있었고, 함께 탄광에 들어갔던 사촌이 할당량을 채우려고 여자의 몫을 훔쳐가는 때도 있었다. 어머니가 총살당한 것도 뇌물을 챙긴 후에 슬며시 밀고한 안전원 때문이었다. 그곳에서 어느 누가 사람답게 사는 법을 배울 수 있었을까? 여자는 흐릿해지는 눈을 힘주어 부릅떴다. 어머니가 마른 강냉이를 빻아 풀에 섞어 먹이던 모습과 인분과 섞어 심어놓은 씨감자를 파내어 더러운 줄도 모르고 먹던 사람들, 안전원에게 싹싹하지 못하다는 이유로 거침없이 총살당한 동무들 얼굴이 자꾸만 어른거렸다. 행복해질 수 있을까⋯⋯ 몇 번을 되뇌어봐도 자신이 없었다. 여자는 다시 바늘을 움직여 털실을 엮어내기 시작했다. 옆방의 문이 열렸는지, 동료들의 웃음소리와 함께 라디오 소리가 들려왔다.

—오늘이 바로 일본군 위안부로 끌려가 고생하신 우리 할머니들의 수요 집회 천 번째 날입니다. 수십 년을 고통 속에 살아오신 할머니들을 위해 일본 정부의 공식 사과와 배상을 진심으로 기도합니다. 이어지는 음악은요, 존레논의 이메진입니다. 차별 없는 세상과 평화를 위한 노래였지요. 무력으로 누군가를 굴복시킨다거나 억압하는 일은 더 이상 일어나지 않았으면 좋겠네요.

여자는 바늘을 잠시 멈추었다. 정성스레 다듬은 나무 조각처럼 보드라우면서도 묵직한 음색이다. 영어의 뜻은 몰랐으나 평화를 위한 노래임이 선뜻 이해되었다. 낫씽 투 킬 오어 다이 포 앤 노 릴리젼 투…… 여자는 왠지 숙연해진 마음으로 주변을 돌아보았다.

비가 그친 창밖엔 화가 난 듯 매서운 겨울바람이 헝클어지고, 이제 겨우 한 뼘쯤 완성된 새 목도리는 아이의 몸집만큼 부푼 배 위에 놓여 있었다. 언젠가 일본군 위안부에 대한 기사를 읽은 적이 있다. 누구도 쉽게 이해하지 못할 그 만행을 여자는 너무 이해하기가 쉬워서 오히려 무참했다. 시간과 공간은 전혀 다르지만, 참람한 고통만은 서로의 복사판인양 너무나 닮아 있었다. 여자는 잠시 망설이다 일어났다. 오랜만에 따뜻한 점퍼를 찾아 입고 거울을 보며 머리도 빗었다. 며칠째 제대로 잠을 이루지 못해 눈이 퀭했다. 이제 스물아홉, 거친 피부 위엔 벌써 기미가 내려앉아 칙칙했다. 여자는 검은 털모자를 깊이 눌러썼다.

4

비는 그쳤지만 스산하고 축축한 바람은 쉬지 않고 불어왔다. 문옥은 오랜만에 만난 동료들과 손을 맞잡고 자꾸만 서로의 옷깃을 추어주었다. 자원봉사자들이 나누어주는 따뜻한 녹차를 연거푸 마시고서야 곱아들었던 몸이 조금 편안해졌다. 늘 그렇듯 의자는 대사관을 향해 줄지어 있었다. 천 번째 집회라서 그런지 평소와 비교할 수 없을 만큼 많은 자원봉사자들과 시민들, 취재진들이 주변을 메웠다. 그러나 귀찮은 듯 커튼을 내려버린 대사관의 창문은 여전히 닫혀 있었다. 문옥은 악이라도 쓰고 싶은 것을 간신히 참으며 쭈글쭈글한 입을 달싹거렸다. 육시럴 놈덜…… 문옥은 시민단체의 노란 조끼를 입고서 다른 이들과 더 불어 의자에 앉는다. 그러나 곧 대사관을 마주보고 세워진 구리빛 소녀상을 보고는 울컥 밀려오는 설움을 참지 못한다. 집회 일천 번째를 기념해 세워진 것이다.

그렇게도 자그마한 소녀들이 끌려갔다. 지금으로는 고작 중학생이나 되었을 나이. 위안부의 흉흉한 소문이 나돌고는 이제 막 초경을 치렀을 딸들을 시집보내기 바빴다고 했다. 문옥은 그러한 풍문이 돌기도 전에 끌려갔다. 댕기를 드렸든가 단발을 하였든가. 어머니가 누벼주었던 저고리 치마는 어디에서 찢어졌던가. 의젓하고 유유하게 앉아 있는 구릿빛 소녀가 참담하여 문옥은 눈이 시었다. 그러나 울 수는 없었다. 거리엔 어른들뿐만 아니라 대학생과 고등학생들도 추위에 손을 부비며 주변을 지키고 있었다. 문옥은 마음을 추스르며 어찌 사람의 마음이 사람 안에 있을 때와 세상 속에 있을 때가 다른 것인지 생각한다. 저들도 속으로는 조금쯤은 미안헐 테지…… 굳게 닫힌 창문을 간절한 마음으로 바라보았다.

시민단체 대표가 앞으로 나서, 추도문을 읽기 시작했다. 전날 세상을 떠난 최고령자 박말금 노인을 위한 것이다. 박 노인은 고향에 돌아오지 못하고 중국 길림성에서 살았다고 했다. 마지막 순간까지 고향을 그리워했다는 노인이 문옥은 전혀 낯설지 가 않다. 어쩌면 자신의 바로 옆방, 뒷방에서 지냈을지 모르는 동료였다. 살아남은 이들 중 또 한 사람이 떠나고 말았다. 지금 이 순간에도 떠날 준비를 하고 있는 수많은 동료들. 모두가 떠나고 나면 뒤늦게 사과를 받아 낸다 해도 말짱 헛것이었다.

"자석이라도 있으믄 대신이라도 받아줄 것인디……."

금방이라도 다시 빗방울이 떨어질 듯 하늘이 어두웠다. 자식에 대한 미련을 떠올리면 꼭 그 사람이 떠올랐다. 그는 이렇게 꾸물꾸물한 날이면 막걸리에 김치전을 먹어야 한다며 문옥의 식당을 자주 찾았다. 정이 깊어진 것은 같은 고향 출신인 데다 그의 마음보가 워낙 우직하고 착했던 때문이었다. 아직 마흔도 되지 않던 나이, 결혼을 한다면 할 수도 있었다. 과거를 알고도 태연하던 속이 깊은 사내. 나가 잘은 모르지만, 그거이 문옥 씨 탓이 아니라니께요. 다 힘없는 나라가 죄지요. 참으로 그 말 한마디에 가슴에 품고 있던 독이 절절이 녹아 흐르는 느낌이었다. 그러나 결국 함께 하지는 못했다. 차마 그에게까지 자식 없는 설움을 줄 수가 없었다. 자궁子宮이 없는 여자. 귀찮기만 할 월경이 문옥에게는 평생의 부러움이었다. 그런데도 일본 정부는 자신들을 마치 매춘부賣春婦처럼 취급하고 있었다. 매춘이란 단어를 떠올리자 문옥의 몸이 부르르 떨렸다. 어느 정신 나간 여편네가 돈을 받으려고 그 지랄을 허것소. 휴일이면 셀 수도 없는 놈 덜이 들이닥치는디 그것을 돈 번다고 허것소. 이미 죽고 없는 동료 하나가 울부짖던 말도 떠올랐다. 가슴 한편이 문드러질 듯 아파왔다.

"우리는 일본 자체를 반대하는 것이 아닙니다. 여전히 전쟁범죄에 대해 침묵하고 역사왜곡과 피해자에게 폭언과 차별을 일삼는 일본 정부를 반대하는 것입니다……."

추도문에 이어 대표의 연설이 끝났을 때는 더 많은 사람들이 모여 있었다. 몇몇의 정치인과 시민들이 나와 일본의 범죄 인정과 진상규명, 사죄 등을 요구하는 발언을 이어갔다. 마지막은 한 일본인 차례였다. 문옥은 잔뜩 굽어 있던 허리를 꼿꼿하게 폈다. 오랜 세월이 지난 탓에 빠른 속도의 일본어를 잘 알아들을 수 없었다. 다만 그의 마지막 말이 고멘나사이, 인 것만은 분명했다. 문옥은 다시 한 번 대사관을 돌아보았다. 여전히 밖을 내다보는 이는 없었다. 사람들의 외침이 시작되었다.

"일본 정부는 일본군 위안부 피해자에게 공식 사죄하라! 사죄하라! 일본 정부는 국제법에 따라 피해자에게 보상하라! 보상하라!"

취재진의 플래시가 힘차게 파닥거렸다. 목청 높여 구호를 외치면서도 문옥의 마음 한편은 여전히 어두웠다. 하나의 목소리라도 더 해야 한다고 핏대를 세워온 터였다. 백 번이고 이백 번이고 쫓아가자고 우기기도 했다. 그러나 이제 천 번을 지나 어떻게 다시 첫 번째를 시작해야 할지 생각하면 오슬오슬 한기가 돋았다. 정말로 천 번에 이르도록 사과 한 마디 듣지 못한 것이다. 숭악헌 놈덜…… 문옥은 곧 다가올 여든아홉 번째 생일을 더듬었다. 지독헌 생명 줄을 놓지 못허고 살아왔으니 우리도 참말 독하다. 이제는 거동조차 하지 못하고 누워만 있는 동무의 말이었다. 동무는 죽기 전 세상에 대한 마지막 선물이라며 자신이 모아온 재산을 모두 장학금으로 기탁한 상태다. 사람 마음속이 참말로 지랄 같어. 어쩌면 그렇게 더러븐 마음하고 깨깟한 마음하고 한 곳에서 나는지. 문옥은 나지막이 중얼거리며 비척비척 일어났다. 방광에 이상이 생겼는지, 최근 들어 소변을 참기가 어려웠다.

5

여자는 일본대사관을 찾느라 한참 헤맸다. 보호소에서 그리 멀지 않은 곳이지만, 혼자서 서울 거리를 쏘다닌 적이 거의 없었다. 다행히 행사가 막 시작할 무렵 일본대사관 인근을 가득 메운 무리를 발견할 수 있었다. 시커멓고 커다란 나일론 배낭을 멘 여자가 나타나자 한 청년이 자리를 양보했다. 누가 보아도 만삭이었고 그늘진 눈과 핏기 없는 얼굴은 눈에 띌 만큼 어두웠다.

천 번째 시위가 갖는 무게 때문인지 인파는 대사관 앞을 가득 채우고 인근 도로까지 빽빽하게 메우고 있었다. 여자는 몸을 숨기듯 차가운 간이의자에 구부정하게 앉았다. 곧이어 길림성에서 지내다 고인이 되셨다는 분의 사진이 스크린에 올라왔다. 아흔이 넘도록 중국을 떠돌았다는 할머니가 낯설지 않았다. 길림성은 여자와 어머니가 잠시 숨어 지내던 곳이다. 잠잠하던 뱃속의 아이가 꿈틀거렸다. 할머니는 마지막 순간까지 고향을 그리워했다고 한다. 열일곱에 붙잡혀 떠났다는 고향을, 일흔다섯 해나 똑똑히 기억할 수 있었을까? 여자는 자신의 고향을 떠올리기 위해 애썼다. 네 살까지 살았던 곳은 북청군 모로촌이라 했다. 그러나 기억에 남아 있는 것이라곤 어릴 때 홍역으로 죽은 어린 동생의 바알간 얼굴뿐이다. 수용소는 고향이 될 수 없었다. 고향이란 자신이 태어나 자란 곳인 동시에 마음 속 깊이 정들어 그리운 곳이 아니던가. 수용소는 대규모의 축사에 불과했다.

몇몇이 나와 이런저런 발언을 하였다. 다 같이 목소리를 높이기도 했다. 여자는 아무런 표정도 말도 없이 묵묵히 자리를 지킨다. 12월의 바람은 점점 더 심술을 부렸고, 전단지 따위가 불길하게 하늘로 치솟거나 잘 차려 입은 숙녀의 치마를 걷어 올리기도 했다. 그 바람 너머로 늙고 꼬부라진 등허리를 둥글게 말고 앉은 할머니들이 있었다. 의외로 담담한 얼굴이었다. 그 건조한 슬픔 이면의 것을 생각하자 새삼 목이 멨다. 발버둥 칠수록 옥죄는 가시덤불 속에 상처는 오롯이 감추어져 있다. 대사관을 넌짓 쳐다보고 있는 소녀상의 담담한 눈빛 또한 오히려 가슴을 에었다. 열다섯 열여섯…… 고만고만했을 어린 나이에 끌려갔던 할머니들의 모습이다. 그들에게는 절절한 고향에 대한 그리움과 하루하루 떠올리는 기억의 향기만이 유일한 생명줄이었을 것이다. 그러나…… 고향에 돌아온 그들은 행복했을까?

여자는 돌아갈 고향이 없다. 있다 해도 영영 돌아갈 수 없다. 분단의 벽은 사상이나 이념 따위와 관계없이 힘 있는 자들이 휘두르는 소유의 횡포였다. 그러나 이곳 역시 고향이 될 수 없음을 안다. 연변, 길림, 중국 각지를 헤맬 때처럼, 아마도 영영 고향 없는 사람이 되어 평생을 떠돌게 되리라. 그것은 고향으로 돌아오지 못하고 중국과 태국, 캄보디아 등지를 떠돌며 살아온 고령의 위안부 할머니들과 다를 바가 없었다.

지옥 같던 그곳에서도 좋은 기억 몇 조각쯤 없지는 않다. 책장이 나달나달하던 몇 권의 책이나 맹렬한 추위 속에서도 따스했던 어머니의 품, 석탄을 캐다 어둠 속에서 먹던 꿀맛 같던 주먹밥, 안전원에게 바치기 위해 키우던 닭이 낳았던 몇 알의 계란…… 사막에 떨어진 한 방울의 물이 세상의 어떤 감로수보다 귀하듯 그 얼마 안 되는 순간들이 자신을 살아 있게 했다. 그러나 그것은 어디까지나 탈출이라는 희망을 전제했을 때의 일이다. 할머니들이 고통 중에도 잠시 웃거나 먹거나 잘 수 있었다면 그곳을 떠날 수 있다는, 그리하여 사람답게 살 수 있으리라는 꿈을 놓지 않았기 때문이리라. 그 꿈이 이루어졌을 때 반드시 저 극악무도한 죄를 물으리라는 분노와 함께 말이다. 여자는 어느새 일어나 있었다. 실은 자신도 희망이라는 그럴싸한 단어가 아니라 살아남아 언젠가 그 죄를 물으리라는 분노로 견뎠던 것이다. 그러나 돌아서면 말간 얼굴의 사람이 되었을 그들을 누가 단죄할 수 있을 것인가. 여자의 눈이 실핏줄이 터진 듯 붉었다. 백 번째 윤간을 행하고 집에 돌아가 어린 아이를 안고 얼렀을 그 일본군을, 사람 하나를 때려죽이고도 피 씻은 손으로 정갈한 보고서를 작성했을 그 안전원을.

현기증이 밀려왔다. 여전히 진행 중인 집회장에서 여자는 하나의 깃발처럼 우뚝 서 있었다. 쓸데없는 짓이다. 스스로를 조롱하듯 이죽거리며 자리를 벗어났다. 서로를 위로할 수 있으리란 기대는 그저 착각이었다. 여자는 더욱 외로워졌다. 자신은 소리 높여 사죄를 요구할 수 없었고 배상을 바랄 수 없었다. 그저 숨죽이며 살아가야만 한다. 그것만이 진실이었다. 배낭을 바짝 끌어당겨 멨다. 그 안에 가득한 것은 고통만큼 길어진 올올이 상처뿐인 목도리였다.

6

문옥은 길을 건넜다. 대사관은 화장실도 이용할 수 없었다. 문옥이 향하는 곳은 건너편 상가 건물의 안쪽 화장실이었다. 불편한 무릎으로 한껏 내달렸지만 소변은 이미 새어 나오려 했다. 연거푸 마신 녹차가 화근이었다. 설상가상 무릎까지 점차 아려왔다. 문옥은 이를 악물었다. 다른 날도 아니고 이렇게 뜻 깊은 날, 소변을 지릴 수는 없었다. 화장실 앞에 도착했을 때, 남녀공용 화장실인 그곳에는 한 사내가 볼일을 보고 있는 중이었다. 문옥은 망설였다. 그를 지나쳐야만 여성용 화장실 문을 열 수 있었다. 소변이 쏟아질 듯했다. 문옥은 과감히 그를 지나 문을 잡아 당겼다. 열리지 않는다. 그가 몸을 홱 돌렸다. 더욱 세게 잡아당긴다. 그래도 잠긴 문은 열리지 않았다. 두 사람의 어색한 눈빛이 마주쳤다. 그는 무람없는 눈으로 문옥의 위아래를 훑었다. 그 순간 애써 참았던 소변이 줄줄 흘러내렸다. 눈앞이 캄캄했다. 온 수치를 다 당했지만 누군가의 앞에서 소변을 눈 적은 없었다. 바짓단을 적신 소변은 바닥으로 뚝뚝 흘러내렸다. 중년을 족히 넘긴 사내도 당황한 듯 서둘러 마무리를 하고는 황급히 돌아섰다. 문옥은 그대로 우뚝 선 채 애꿎은 문만 잡아당겼다. 새하얗게 표백된 머릿속에 어째서 그 침침한 방의 야전침대와 세숫대야가 떠오르는 것인지 알 수 없었다. 사내가 얼마쯤 떨어져서야 내뱉듯 중얼거렸다.

"위안부 노인네…… 부끄러움이라고는 없네."

문옥이 그 말을 듣지 못했을 리 없다. 그래도 욕설 한마디 대꾸하질 못하고 뚝뚝 떨어진 소변이 채수구로 흘러가는 것을 멍하니 바라보았다. 한참 뒤 젖은 바짓단이 허벅지에 차갑게 들러붙자 문옥은 그제야 화장실 문을 닫으며 중얼거렸다. 어이구, 칠칠치 못하게…… 그까짓 걸 하나 못 참고…… 그걸 못 참고…….

바지를 벗었다. 지린내가 풍기는 채로 돌아갈 수는 없는 일이었다. 낡은 수도꼭지 밑에 젖은 바지와 속바지를 넣고 주무르기 시작했다. 비누가 없어 화장실 청소용으로 갖다 놓은 락스를 조금 부어 빨았다. 물이 얼음장처럼 차가웠다. 춥다고 챙겨 입은 모직 바지는 여간해선 손아귀에 잡히질 않고 자꾸만 미끄러졌다. 부끄러움이라고는 없다는 사내의 말이 문득 문득 떠올랐다. 그들의 눈에는 세상에 드러내놓고 소리를 내는 일조차 부끄러운 일이었다. 그저 숨죽여 지내기를 바랐을 것이다. 그도 아니면 아예 관심조차 없었다. 발개진 손등만큼 문옥의 눈도 붉게 부풀어 올랐다. 천 번을 외치고도 안 되는 일이면 이천 번도 안 될지 모른다는 절망이 밀려왔다. 앞으로 이십 년을 더 살 턱도 없었다. 발가벗은 엉덩이로 찬바람이 밀려와 몸이 후들후들 떨려왔다. 서글픈 눈물이 새어나왔다. 우는 법을 잊은 줄 알았던 문옥은 그대로 화장실 바닥에 주저앉아 젖은 바지를 부둥켜안고 훌쩍훌쩍 울기 시작했다.

7

여자는 보호소로 가는 길을 더듬다 한 건물 안에 들어서게 되었다. 그렇게 매번 길을 잘 잃어 어머니를 붙잡히게 만든 것도 자신이었다. 여자는 스스로를 한심하게 여기며 출구를 찾아 헤맨다. 깊숙한 곳을 돌아 화장실이라 쓰인 낡은 쪽문을 지나는데 이상한 소리가 들려왔다. 울음소리 같기도 했고 웃음소리 같기도 했다. 문을 밀었다. 녹슨 걸쇠가 튀어나온 채 삐드득 열린다.

안쪽에 있던 문옥이 당황하며 얼굴을 들었다. 여자는 금세 그 얼굴을 알아보았다. 조금 전 시위 현장에서 보았던 할머니 중 한 명이었다. 문옥은 젖은 바지로 사타구니를 가렸다. 쪼글쪼글한 얼굴은 눈물로 젖어 있었다.

"무슨 일입네까?"

문옥은 바지를 삐쭉 올려보였다. 여자는 화장실에서 나는 희미한 지린내를 미루어 대강 상황을 눈치챘다.

"이걸 좀 덮으시라요."

여자는 제 점퍼를 벗어 문옥을 덮어주었다. 그리고 젖은 바지를 빼앗아 벅벅 문질러 빨았다. 손끝이 얼얼했지만, 찬물에 하는 빨래쯤은 어릴 때부터 익숙했다.

"아짐은 누구여? 단체에서 나온 거여?"

문옥은 제 편인지 아닌지 의심스럽다는 듯 고개를 갸웃거렸다. 여자는 힐끗 문옥을 돌아보았다. 아이처럼 점퍼를 덮어쓰고 있는 것이 애처로우면서도 한편 애틋하다.

"지나던 사람입네다. 무슨 이상한 소리가 나서 보았더니 할만님이……."

여자는 젖은 바지를 힘껏 비틀었다. 주루룩 물기가 경쾌하게 떨어진다. 문옥은 그것을 개운하게 바라보았다. 그러나 아무리 바짝 물기를 짰다고 해도 엄동설한에 당장 입을 수는 없었다. 여자는 젖은 바지와 노인을 번갈아 바라보다 메고 온 배낭을 열었다.

"잠깐만 기다리시라요."

여자는 건물 안에 있는 상가를 돌았다. 촘촘하게 짜낸 붉은 목도리를 몇 개 파는 일은 그리 어렵지 않았다. 그것으로 서둘러 바지 하나를 샀다. 홀로 화장실에 있을 문옥을 생각하니 급한 마음이 턱까지 차올랐다. 화장실 문을 열자 문옥은 기다렸다는 듯 눈을 반짝였다. 이번에는 울고 있지 않았다. 그것만으로도 다행이었다. 여자는 문옥에게 바지를 입혔다. 안으로 솜을 누빈 든든한 겨울바지였다.

"아이고, 고마워서 워쩐디야. 아짐 아니었으믄 내 또 무슨 꼴을 당했을지……."

시위 현장에서 보았던 당당한 모습은 간데없이 또 눈물을 찔끔거린다. 여자는 문옥의 손을 거머쥐었다. 빨래를 마친 제 손보다도 차가웠다. 배낭에서 목도리 서너 개를 꺼냈다. 문옥의 목에 하나 두르고 몸에도 감싸듯 둘렀다. 문옥은 따뜻하다며 말간 얼굴로 좋아했다. 여자는 두 개를 더 꺼내어 문옥의 양 다리에도 둘러 야무지게 끝을 묶었다. 온몸이 붉은 털로 뒤덮인 문옥은 털실 우주복을 입은 것 같았다.

"따뜻하대요?"

여자가 묻자, 문옥이 싱긋 웃었다. 아무런 그늘도 상처도 없는 맑은 웃음이 낯설게 다가왔다. 문옥의 손이 쑥하고 여자의 배 위로 올라왔다.

"아따, 배가 이쁜거시 지지밴갑다. 월매나 이쁘까잉."

문옥은 마치 뱃속의 아이가 들여다보이듯 기쁜 얼굴이었다. 그러고 보니 여자는 단 한 번도 배를 쓸며 예쁘다고 말해준 적이 없다.

"아가, 쑥쑥 자라 이쁘게 나오니라."

추위도 잊은 채 문옥은 여자의 배를 정성을 다해 어루만졌다.

"날래 안가믄 모두 가버립네다."

여자는 문옥의 손을 꽉 잡았다. 아직 목도리가 꽤 남아 있는 배낭도 다시 멨다. 문옥이 순순히 여자의 뒤를 따른다. 현장에 도착했을 때, 집회는 이미 끝이 나 할머니들과 관계자만 남아 인사를 나누는 중이었다.

"어머, 할머님! 어디 가셨었어요?"

직원 한 명이 다가와 놀란 얼굴로 물었다.

"얼마나 찾았는지 아소?"

다른 할머니도 다가와 문옥의 팔을 붙잡았다. 문옥이 배시시 웃었다.

"할머니 좀 이상하시다."

직원이 말하며 고개를 갸웃거렸다.

"나 괜찮여. 기분이 아주 좋아져 부려써. 아까는 참말로 지랄 같았는디, 이 젊은 아짐 덕분에 기분이 괜찮여졌어. 거그다가 요 아 좀 보소. 뱃속에 들었는디 나가 봉께 한 인물 할 것 같당게. 야가 나올 때꺼정 충분히 살 수 있을 것 같아부러. 즉어도 요 어린 것은 우리 대신 저놈들이 빳빳한 고개 숙이는 걸 볼 날도 있지 않것어? 참 아짐, 목도리 더 있능가? 빨간 목도리가 참말로 이쁜디, 내 친구들헌티도 좀 나눠주면 안 될랑가? 돈 주고 사야능가?"

여자가 배낭에서 목도리를 꺼냈다. 잠도 오지 않는 밤, 그리움과 쓸쓸함을 씨줄 날줄 삼아 엮은 목도리였다. 여자는 그것을 할머니들에게 하나씩 둘러주었다. 고요한 대사관 앞마당에 붉은 꽃이 한 송이 한 송이 피어나고 있었다. 문옥은 저만치에서 그것을 흐뭇하게 바라보았다. 그 팔에서 흘러내린 목도리가 바람결에 붉은 춤을 추었다. 여자가 모두에게 목도리를 둘러주고 일어섰을 때, 어깨로 하얀 눈송이가 사박사박 떨어지기 시작했다. 팔순을 훨씬 넘긴 할머니들의 얼굴이 아이처럼 밝아진다. 문득 돌아보니 쓸쓸히 앉아 있던 구리빛 소녀상에도 어느새 붉은 목도리가 따뜻하게 둘러져 있었다.

여자는 처음으로 희미하게 웃었다.

듣지 못한 말

기인 밤이었다. 연홍은 눈을 가늘게 뜨고 아침을 꼬빡 기다리다 나중엔 반쯤 넋을 놓고 있었다. 어느새 물 같은 하늘 아래 낮게 나는 새들의 날갯짓이 분주하다. 그 소리 없는 울림 사이로 바람은 서글피 불어들었다. 민낯의 호수에 주름이 패듯 뚜렷한 잔물결이 일어나고 연홍의 가느다란 팔뚝에도 오소소 소름이 돋았다. 아무래도 예사 바람이 아니었다.

연홍은 그제야 미명에 잠긴 눈을 씻고 새끼들을 살폈다. 딸아이는 사탕이 든 작은 통을 달그락달그락 흔들며 놀았고, 잔디에 누워 바동거리던 갓난아이는 잠에 취했다. 산천이 여름빛에 물들어도 비바람은 썰썰한 법이다. 연홍은 서둘러 아기를 안아 올렸다. 딸아이가 하던 짓을 그치고 폴짝폴짝 뛰어와 가방을 헤집는다. 이제 네 살이지만 어미와 동생에게 필요한 것을 잘 알고 있었다. 그 고사리 같은 손에 포대기가 끌려나왔다. 연홍은 아기를 둘러업고 포대기로 친친 감았다. 잠에서 깬 아기가 칭얼거린다. 들을 수 없어도 느낌만으로 알 수 있는 것은 제 살과 태를 부려놓은 자식인 때문이었다. 엉덩이를 토닥여 달래며 얇은 잠바를 둘러씌웠다. 나무의 반득이는 이파리들이 산만하게 흔들리고 사방은 차츰차츰 어두워진다. 비님이 오시려는가, 연홍이 손을 재게 놀렸다. 새벽녘부터 나와 있던 터라 주위에 담요며 우유병 등 살림이 제법 흩어져 있었다.

-엄마, 어디가?

사탕을 입에 문 딸아이가 어미 곁에 쪼그려 앉아 수심 어린 눈으로 물었다. 연홍은 손가락으로 공원 밖을 가리켰다.

-거기, 어디?

연홍이 쓸쓸히 웃었다. 어디로 가야 할지 몰랐다. 다만 가야 하는 것은 알았다. 짐 가방을 다부지게 틀어잡고 포대기를 추켜올린 후 딸아이의 손을 그러쥐었다. 쌀랑해진 바람 속에 아이의 손도 차게 식어 있었다. 등 뒤의 아기가 두 다리를 세차게 내지르며 울었다. 배가 고플 것이다. 마음이 조급해졌다. 분유를 먹일 따뜻한 물이 필요했다. 딸아이의 요깃거리도 있어야 했다. 새벽이슬에 젖은 몸을 덥혀줄 자리가 절실했다. 공원은 금세 빠져나왔지만 황황히 달리는 자동차들과 매연 속에서 연홍은 막막하게 서 있었다. 어디로 간단 말인가. 고아로 자라온 삶에 가족이란 남편뿐이었다. 그는 지금 교도소에 있다. 그에게는 가족이 있지만 아무도 연홍을 가족으로 인정하지 않았다. 탁한 바람이 매섭게 불었다. 딸아이는 엄마 손에 대롱대롱 매달려 발장난을 치고, 아기는 온몸으로 울었다. 아기의 짜증과 울음으로 등이 척척하게 젖어들었다. 사납고 서러운 팔자, 연홍은 제 어미가 자신을 버릴 때 웅얼대던 말을 떠올리며 해가 남아 있는 쪽으로 발걸음을 옮겼다. 먹구름이 그 뒤를 슬금슬금 따라가며 어둑신한 그늘을 뿌렸다.

전날, 연홍은 방을 얻었다. 전에 살던 단칸방에서 내쫓긴 지 한 달 만이었다. 보증금은 밀린 월세로 빠져나갔고 너주레한 짐들은 몇 개의 상자에 담겨 주인의 창고로 들어갔다. 그나마 보관해주는 것도 싫은 듯 주인은 맹렬히 손가락질했다. 가져가. 빨리. 알았어? 주인의 입모양이 그렇게 말하고 있었다. 연홍은 한 달간 아이들과 함께 찜질방이나 허름한 여관을 전전했다. 남편은 면회를 갈 때마다 보증금 없는 방을 얻으라고 일렀지만 연홍은 의사소통에 영 자신이 없었다. 그래도 언제까지 여관에서 지낼 수는 없는 노릇이었다. 부동산의 늙수그레한 영감은 연홍이 내미는 필담 지를 호기심 있는 눈으로 바라보며 꼬치꼬치 물어왔다. 특히 그의 관심사는 남편의 행방이었는데, 연홍은 결코 사실을 말하지 않았다. 전 집주인이 남편이 수감된 후 더욱 냉정히 굴었기 때문이다. 재수 없게. 싹수가. 처음부터. 이러한 단어들이 주인의 입가에 곧잘 맴돌았다. 연홍은 교도소에 가버린 남편만큼 그가 미웠다. 부동산 영감은 한 달, 십오만 원. 하고 앞장서서 어느 골목길을 타고 올라갔다. 민틋한 언덕이 끝도 없이 이어지는 골목이 신기한지 딸아이는 깡충거리며 뒤를 쫓았다.

간신히 도착한 곳은, 다름 아닌 영감의 집이었다. 영감은 제 집에 들어서자마자 신발을 벗고 발가락을 벅벅 문질렀다. 무좀이 핀 발이었다. 연홍이 무력한 얼굴로 기다리고 있자니 그가 발을 긁던 손가락으로 마당 구석을 가리켰다. 창고로 쓰이던 셋방이었다. 곰팡이가 더덕더덕 피어나고 냉기가 흐르는 누추한 몰골이었으나, 야트막한 부엌이 딸려 있어 살림은 할 수 있을 것 같았다. 연홍은 큰절이라도 올리듯 공손히 인사를 했다. 가방에서 꺼낸 낡은 셔츠를 걸레 삼아 방 안의 먼지를 훔치고 몽당 빗자루로 부엌을 쓸었다. 딸아이는 칭얼대는 갓난이를 달래며 제 몫을 했다. 어떤 수를 쓰는지 딸아이가 어르면 갓난이는 곧 눈물을 그쳤다. 연홍은 습기를 몰아내기 위해 여남은 연탄에 불을 지폈다. 아랫목에 불기운이 조금씩 퍼져왔다.

깊은 밤 연홍은 남편에게 편지를 써놓고 아이들 곁에서 잠이 들었다. 나쁘지 않은 꿈이었다. 엄마와 단둘뿐이었으나 따뜻했던 어린 날의 꿈이다. 연홍이 엄마를 부르려던 찰나, 영감이 들어왔다. 문고리래 봤자 건들건들한 걸쇠 하나뿐이라 손가락으로 밀어내면 그만이었다. 연홍은 잠들어 있었다. 나뭇가지 같은 것이 쿡 하고 허리를 찌르기에 깨어보니 영감이 음충맞게 웃고 있었다. 연홍은 못다 한 말이라도 있는가 하고 눈을 비볐다. 어둠 속에서 그의 얇고 주름진 입술이 살려면, 편히, 걱정 말고, 했다. 남의 말을 알아듣기가 워낙 느린 연홍이었으나 그 말뜻만은 퍼뜩 와 닿았다.

다급히 몸을 내뺐다. 영감이 다시금 죽데기 같은 손을 뻗어서 가늘다 못해 말라비틀어진 허리를 붙들었다. 연홍은 잠든 딸아이를 바라보았다. 아이의 손이 제 손보다도 작은 동생의 손등 위에 다정히 올라가 있었다. 갓난이는 입술을 빨며 뒤척였다. 캄캄한 어둠이 세상을 집어삼킨 깊은 밤이었다. 연홍은 영감의 손을 사납게 꼬집었다. 그 입술에서 새어나는 말은 똑똑치 못했으나 분노와 경멸의 뜻은 충분히 전해졌다. 영감이 붉은 얼굴을 들이대며 은혜도 모르는, 비렁뱅이 같은, 뻔뻔한, 등 온갖 말로 욕설을 퍼붓는 것을 연홍은 보았다. 살다 보니 자신도 모르는 사이 그런 사람이 되곤 했다. 보육원에서 허드렛일을 도맡다 떠날 때 원장이 그렇게 말했고 남편과 연이 되어 결혼할 때에 남편의 식구들이 그렇게 말했다. 연홍은 어떻게 사는 것이 은혜에 합당한 것인지 알지 못했다. 그날 새벽, 연홍은 잠이 덜 깬 딸아이를 앞세우고 갓난이를 업은 채 골목길을 내려왔다. 검푸른 빛이 돌던 하늘이 스름스름 붉어지더니 어둔 길을 밝혀주었다. 연홍은 삼십여 분을 걸어 한 공원의 뒷문에 들어섰다. 딸아이는 어느새 잠이 깨어 이슬 맞은 꽃들이 예쁘다고 좋아했다. 연홍은 좋아할 수 없었지만 딸이 웃으니 함께 웃었다. 갓난이는 저 혼자 잠이 들었다 깼다 했다.

공원을 나선 연홍은 점점 무거워지는 가방을 어깨에 메었다가 앞으로 안았다가 종내는 바닥에 내려놓고 한숨을 쉬었다. 딸아이가 낑낑거리며 가방끈을 잡아당기다 조금도 끌지 못하고 튕겨나갔다. 엉덩방아를 찧지 않으려 뒤뚱거리는 모양이 우스워서 연홍은 엷게 웃었다.

–엄마, 저기.

딸아이가 몸을 바로 세우며 연홍의 뒤를 가리켰다. 작은 마트였다. 연홍이 두세 장 남은 푸른 지폐를 꺼내들고 딸아이와 마트를 번갈아보다가 고개를 흔들었다. 빛이 사위고 짙은 어둠이 내리면 어딘가 잘 곳을 찾아야 할 돈이었다. 아이는 더 이상 조르지 않았다. 몇 번이나 통을 흔들어 사탕을 꺼내 먹었다. 다른 하나를 꺼내 건네려는 것을 연홍이 부드럽게 거절했다. 딸아이가 미안한 듯 웃었다. 연홍은 가슴에 짜르르한 통증을 느꼈다. 아이가 무언가를 쉽게 포기하거나 나이에 걸맞지 않은 얼굴을 할 때마다 그랬다. 아직 포기할 줄 모르는 고집 센 갓난이의 발길질은 도리어 반가웠다. 연홍이 가방을 번쩍 들고 딸아이 손을 붙잡았다. 막내 시누집이 멀지 않은 곳에 있었다.

시누는 빨래를 개키다가 문을 열었다. 반지하의 방이라 문만 열어도 안이 훤히 들여다보였다. 얼굴빛이 나빴다. 누나 폐가 안 좋아. 여기, 하고 일러주던 남편의 말이 떠올랐다. 시누는 그나마 너그러운 편이었지만 연홍을 바라보는 지금의 눈빛은 더없이 싸늘하고 차갑다. 연홍은 등을 돌려 우는 갓난이를 보여주었고 딸아이는 엄마 뒤로 숨어들었다. 먹구름의 진한 그림자 아래로 비가 한두 방울 떨어졌다. 한껏 용기 내 찾아와놓고서 막상 어찌할 바를 몰랐다. 두 사람 사이에 고인 질척한 침묵은 세월을 더해온 원망이고 미움이었다. 시누는 여전히 연홍을 용서하지 못했다. 삼대독자 귀한 동생에게 짐이 되고 박복한 운수를 불러 들였다는 죄목이었다. 연홍은 차라리 그 죗값을 치루고 싶었지만 교도소에 가버린 것은 남편이었다. 사기죄였다. 연홍이 모르는 빚이 그토록 많다는 것을 뒤늦게야 알았다. 연홍은 그 또한 자신의 죄라 여겼다. 아무것도 나눌 수 없는 아내가 바로 자신이었다. 시누의 원망은 그로부터 시작된 터다. 견디다 못한 연홍이 막 돌아서려 했을 때, 시누가 걸어 나왔다. 그 마른 가지처럼 창백한 손이 딸아이를 잡는 것을 연홍은 가만히 바라보았다. 몸을 빼내려던 아이가 연홍의 준엄한 눈빛을 받고 고분고분하게 고모를 따라갔다. 후드득 차가운 빗방울이 고개 숙인 연홍의 목덜미를 적셨다. 문 앞에 선 시누가 손짓을 했다. 그제야 연홍도 아기를 추스르며 안으로 들었다.

지하의 눅눅한 습기가 곰팡내와 섞여 선뜩하게 밀려왔다. 갓난이를 싸맨 포대기를 풀어내자 시누는 천장 가까이 붙어 난 창문을 닫고 환풍기 스위치를 눌렀다. 지긋지긋한 여름, 솜뭉치처럼, 온몸이, 진저리, 시누는 조금 전의 침묵을 메우듯 쉴 새 없이 중얼거렸다. 연홍은 울음을 터트린 갓난이를 안고 흔들었다. 딸아이가 가방에서 분유를 꺼냈고 시누는 끓인 물을 내왔다. 창문 너머로 이름 모를 여자의 검은 구두가 지나가고 털이 부숭부숭한 종아리가 슬리퍼를 끌고 지나갔다. 그 사이로 빗물이 세차게 튀었다. 빗물로 얼룩진 창을 바라보며 연홍은 갓난아이에게 우유를 먹였다. 딸아이가 고모 무릎에 앉아 시무룩했다. 손에 꼽을 만큼이나 만나봤을까. 아이의 손이 자꾸만 사탕 통을 만지작거렸다. 우유병이 비어가고 젖먹이는 잠이 들었다. 아기를 뉘이고 팔을 벌리자 딸은 냉큼 달려와 연홍에게 안긴다. 아이의 눈에 물기가 어려 있었다. 무릎에만 앉혔달 뿐 별말이 없던 고모가 오히려 아빠를 떠올리게 한 모양이다. 연홍도 그랬다. 할 수만 있다면 남편 얼굴을 빼다 박은 시누 앞에 퍼지르고 앉아 울고 싶었다. 남편은 좋은 이였다. 적어도 이제껏 알아온 모든 사람 중에서 그렇다. 다만 그가 미운 건 자신을 바보 취급 했든 벗만도 못하게 생각했든, 영문도 모른 채 홀로 남겨지게 했기 때문이다. 연홍은 제 맹추 같은 아둔함이 어디에서 왔을까 생각하며 아이의 보드라운 살갗을 쓸었다.

아주 어렸을 때는 귀문이 열려 있었다. 미세하게 떨리던 양철 지붕의 빗소리, 바람 부는 밤이면 뒷산에서 웅얼거리던 숲의 소리, 연탄불 갈며 흥얼거리던 엄마의 노랫소리, 어둠 속에 활개 치며 투덕거리던 쥐떼들의 행진, 한낮의 적막 속에 더욱 선명히 들려오던 낯선 비행기의 굉음…… 생생히 기억하고 있었다. 몇 줌 안 되는 미소한 기억일수록 더욱 집요하게 되살아나는 법이다. 연홍은 때때로 소리를 잃기 전의 기억 하나하나를 바르집어 떠올리곤 했다. 그 속에는 빚쟁이에게 시달리던 엄마의 울울한 목소리도 있었고, 건넛집 할머니의 혀 차는 소리도 있었다. 모든 소리는 가난과 함께 사라졌다. 열이 올라도 약을 살 수 없었다. 어느 겨울, 세상을 짓이길 듯 함박눈이 떨어지던 날, 달뜬 열과 함께 소리는 영영 사라져버렸다. 봄꽃이 피고 개울이 녹으면 소리도 돌아올 거라 생각했다. 그러나 다시 겨울이 되어 양

철지붕에 고드름이 맺혀도 소리는 돌아오지 않았다. 주로 남의 일을 다니던 엄마는 그즈음 밤출입이 잦았다. 어느 새벽, 파슬파슬한 머리를 풀어헤치고 돌아온 엄마는 몸을 고푸리고 앉아 한참 동안 훌쩍거렸다. 그 등허리를 연홍은 시리게 바라보았다. 불길한 예감이었다. 푸른빛이 도는 아침, 방문 앞에는 연홍의 짐 보따리가 동그마니 놓여졌다. 병원, 돈, 가난, 이런 단어들이 엄마의 입가를 맴도는 것을 보았다. 보육원에 보내는 것이 나으리라, 그리 생각했을 것이다. 연홍은 엄마의 처분에 순종했고 다시는 만날 수 없었다. 보육원에서의 일상은 고단했다. 원장은 성실하긴 했으나 인색하고 가난했다. 국가에서 지원받는 몇 푼의 돈을 곶감처럼 아껴 쓰느라 아이들은 어릴 때부터 고된 밭일을 해야 했다. 연홍은 농아학교를 간신히 마쳤다. 그리곤 오래도록 원장의 수족이 되어 다른 아이들을 보살폈다.

스무 살 되던 해, 연홍은 무작정 짐을 쌌다. 구호단체 하청업자로 간혹 들르던 남편이 일자리를 소개하겠노라 장담을 했다. 세상, 재미있는, 사람답게, 달콤한 단어들이 그의 입에서 쏟아졌다. 구석진 시골에서 청춘을 소모하던 연홍은 쉬이 미혹되었다. 동화 속의 세상이 기다리고 있을 듯도 싶었다. 원장의 진탕

한 원망 속에서도 연홍은 트럭에 올랐다. 어린 아이들이 울며 길을 따라왔다. 연홍은 차마 뒤돌아볼 수가 없었다.

서울까지는 네 시간 길이었다. 황토먼지가 풀풀 날리는 시골길을 벗어나 다림질한 것처럼 반듯한 고속도로에 접어들자 그제야 연홍은 흐린 눈으로 뒤를 돌아보았다. 거기엔 트럭이 지나간 자리만큼 어둠의 자락이 넓어질 뿐이었다. 남편이 연홍의 손을 잡아주었다. 따뜻한 손이었다. 불안이 조금씩 잦아들었다.

막상 서울에 도착해서는 까닭 없는 한기가 들었다. 휑휑한 광장에 불어오는 바람이 뼛속으로 파고드는 것 같았다. 아랫목이 따뜻한 여관으로 안내한 남편이 머뭇거리는 연홍의 발에서 구두를 빼내어 가지런히 놓았다. 떠나오기 전 마지막 장날, 처음으로 가져본 구두였다. 그걸 사느라 오래도록 모은 비상금을 모두 털었다. 분홍색 합성피혁에 리본을 매단 구두였다. 연홍은 자신의 구두코가 사이좋게 맞닿아 있는 것을 가만히 바라보았다. 그는 한창 좋은 스무 살 처녀가 구질구질한 일을 하느라 닳아가는 게 안타까웠노라고, 자신의 사무실 일을 보면 된다고 손짓 발짓으로, 결국엔 필담을 동원해 안심시켰다. 그 눈이 착했다. 땀에 젖은 콧방울 사이로 거친 숨소리가 새어나는 것이 안

쓰러웠다. 연홍은 남편이 몇 살인지 어떻게 살아왔는지도 모른 채 첫정을 나누었다. 그 밤이 곧 연홍에겐 혼인의 날이었다.

답답한, 궁리도 없이, 앞으로, 아이들은, 시누의 입에서 나오는 말들을 연홍은 하염없이 바라보았다. 연홍이 말이 없자 학교에 간 아들의 스케치북을 북 찢어서는 몽당연필로 휘갈겨 썼다.

–아이들은 맡기고, 일을 해야지. 어쩔 거야. 돈을 벌어야 할 것 아냐.

–선우는 언제 나와. 돈은 있어?

연홍은 가만히 고개를 흔들었다. 한데로 묶은 부스스한 머리칼 사이로 흰 것이 한두 개씩 눈에 띄었다. 시누는 연민과 짜증이 뒤섞인 눈으로 혀를 찼다.

–우리 집에 오래 못 있어. 남편 오면 난리나.

눈가가 거뭇했다. 매형, 나쁜 새끼, 손버릇, 남편이 자주 하던 말이었다.

–엄마, 우리 어디로 가?

글을 못 읽는 딸아이가 어떤 눈치에선지 침울한 얼굴을 들었다. 어디로든 가야 하는 것을 딸아이는 알고 있었다. 오래 머물 수 없다는 것도. 잠든 젖먹이의 손이 무의식중에 고물거렸다. 연홍의 눈앞이 부옜다.

울긴, 등신, 살 궁리, 시누의 입에서 또 빠른 말들이 쏟아져 나왔다. 말은 말일 뿐 실재하는 것은 아니었다. 궁리가 있었다면 애초에 찾지도 않았을 것이다. 남편은 적어도 일 년은 더 있어야 출소할 수 있다. 가진 돈은 몇 만 원 뿐이고, 방 한 칸도 기댈 사람도 없었다.

―애들을 어디라도 맡기고 돈을 모아.

시누가 다시 스케치북을 들었다. 연홍은 깜짝 놀라 저도 모르게 딸아이를 덥석 끌어안았다. 절대로 아이를 버리는 일은 없을 거라고, 어린 연홍은 곱씹어 다짐했었다. 보육원에 갓 들어온 아이가 전염병으로 급사한 것을 본 후였다. 정체모를 재료로 끓인 짜디짠 국물이나 더러운 옷가지, 후원자들이 올 때만 다정해지는 원장을 보며 다짐은 더욱 굳어졌다. 차차 자라면서 원장은 연홍을 식모처럼 부렸다. 다른 아이들의 처지도 별반 다를 게 없었다.

아이를 버리는 일은 절대로 없을 것이다. 연홍은 아랫입술을 가벼이 깨물었다.

어린이집, 일, 공장, 식당, 시누가 갓난이 볼을 쓰다듬으며 다시 말했다. 제 동생을 바라보듯 제법 애정이 담긴 눈이었다. 유독 남편을 닮은 갓난이의 얼굴이 맘에 들었던가. 연홍은 고개를 흔들었다. 어린이집에 맡길 돈도 사치였다. 눈치 빠른 시누가 다시 연필을 들었다.

–요즘 어린이집 정부 혜택이 많대. 알아봐.

–이십사 시간 봐주는 곳도 있대.

이십사 시간이나 아이를 남의 손에 맡기고 무슨 일을 해야 할지 잘 가늠이 되지 않았다. 낮이고 밤이고 일하는 사이 울고 있는 아이들의 모습은 무시무시한 재앙처럼 상상만으로도 벌벌 떨렸다. 종내는 모두 뿔뿔이 흩어져 영영 사라져버릴 것 같았다. 더구나 갓난이는 경황이 없어 출생신고도 제대로 하지 못한 터였다. 연홍은 고개를 숙여 아이의 머릿내를 맡았다. 오이향의 비릿한 비누냄새가 시큰한 땀 냄새와 엉겼다. 그 냄새가 연홍의 마음을 위로했다. 시누는 줄곧 무언가를 떠들어댔다. 연홍에게는 그 말이 들리지 않았다. 설령 그것만이 살 길이더라도 연홍은 살 길을 갈 수가 없었다. 자신의 품 안에서 아이들을 지켜야 했다. 아둔하지만 명백한 믿음이며 유일한 갈 길이었다.

알겠어? 시누의 마지막 말만이 정확히 전해졌다. 길쭉한 눈매가 유독 사나워 보였다.

연홍은 주섬주섬 가방을 챙겼다. 시누가 옷깃을 붙들었다. 대책도 없이 어딜 가냐는 것이었다. 그러면서도 슬그머니 손을 놓았다. 어찌되든 나가주는 게 시원하긴 하다는 이중적인 뜻이었다. 연홍이 갓난이를 업으려 하자 미련 많은 손이 또 아기를 붙들었다. 맡겨도, 얼마간, 선우, 시누의 말 속에서 연홍은 오히려 정신이 또록해졌다. 동생 선우를 닮은 아기, 그 아기를 얼마간 맡아주겠단다. 무섬증이 솟았다. 자신과 아이를 떼어내 무엇을 하려는가. 명치끝 어딘가가 자글자글 끓어올랐다. 오직 믿을 구석은 자신뿐이었다.

큰아이가 막 태어났을 무렵, 연홍은 영 맥을 못 추고 자리보전을 했다. 치골이 당기고 아랫도리가 덧나서 도통 기력이 없었다. 어느 날인가 시댁 식구들이 한데로 몰려와 아이를 매만지고 구경하다 엄마를 빼다 박았네, 하고 샐쭉한 눈초리를 연홍에게 던졌다. 냉혹하고 멸시어린 눈들이었다. 남편을 끌고 가 은밀한 이야기를 주고받으며 웃음을 터트리기도 했다. 연홍은 풀어헤쳤던 머리를 한데로 모으고 몸을 추슬렀다. 피를 맑게 한다는 섬 미역을 구해다 먹고 막힌 젖을 돌게 하려 직접 돼지발을 삶았다. 아이를 지키기 위해서는 제 몸이 성해야 했다. 남편을 잃지 않으려면 보란 듯 살아내야 했다. 며칠 후 다시 찾아온 시댁 식구들은 금세 일어나 살림을 닦는 연홍을 보고 놀란 듯했다. 양념갈비에 잡채와 나물을 상에 올렸다. 떨떠름하게 숟가락을 든 그들 앞에서 연홍은 부푼 젖가슴을 꺼내 아이에게 물렸다. 젖이 넘쳐 아이의 발그레한 턱밑으로 흘렀다. 시누들이 혀를 차며 고개를 돌렸다. 그 후로도 그들은 연홍을 미워했지만 내치진 못했고, 진저리를 치면서도 자신들의 핏줄이 연홍에게 이어져 있음을 인정할 수 밖에 없었다.

갓난이를 단단히 들쳐 업자, 어쩌려고, 시누는 가시 센 눈을 치켜떴다. 연홍은 어렵게 그 눈을 떨쳐냈다. 다행히 비가 그쳤다. 갈 곳은 없어도 떠나야 할 일은 많은 신산한 삶이었다. 어디로든 갈 터다.

—쯧쯧, 갓난이라도 놓고 가면 내가 어련히 할까. 저리도 고집이 세니 남편 팔자 잡아먹지. 제발 어린이집이라도 알아봐. 끼고만 있다고 되겠어. 새끼들 살릴 궁리를 해야지. 어른 말하는데 가는 것 봐…… 하기야 들리기나 하겠어. 불쌍한 내 동생.

박복도 하지.

시누가 쏟아내는 말들을 연홍은 듣지 못했다. 시누의 말은 곧 세상의 말이었다. 누구든 연홍에게 서러운 말을 쏟아냈으나 연홍은 아무 말도 듣지 못했다.

골목길 어귀의 놀이터에 도착해서야 딸아이는 신이 났다. 밝은 얼굴로 달려 나가 미끄럼틀부터 올랐다. 연홍은 의자에 걸터앉아 어린이집을 떠올렸다. 나라에서 도와준다면, 하고 생각해 보았다. 하지만 감히 시청 복지과나 상담센터 같은 곳을 찾아갈 엄두는 나지 않았다. 빚과 가난에 사무쳐 끼니 걱정을 하고 살 때에, 엄마는 곧잘 면사무소로 쫓아갔다. 남편 없고 자식 복 없는 년 나라에서 구제 안 하면 누가 하느냐고 질펀하게 떠들어대는 엄마의 모습이 어린 연홍의 눈에는 도리어 무력하게 느껴졌다. 아버지는 죽은 게 아니라 어딘가에 살아 있었으므로 결국 엄마가 얻어오는 것은 싸구려 동정과 남루한 위로뿐이었다. 그래도 엄마는 세상살이가 팍팍할 때마다 연홍을 앞세워 면사무소를 찾았다. 연홍은 그런 짓을 반복하고 싶지는 않았다. 보육원에서도 관공서는 깜깜한 단절의 벽이었다. 공무원들은 곧잘 갈고리 같은 눈초리로 주위를 훑었고 주방에 나동그라진 식재

료를 들추며 겁박의 말들을 일삼았다. 연홍은 그들이 두려웠다. 그들을 통해 쏟아질 세상의 말 때문이었다. 사는 곳을 조사하고 거짓말을 조사하고 추궁을 한 끝에, 거봐라. 당신은 받을 자격이 없다고 말하는 곳. 편견이든 어리석음이든 연홍은 피할 수 있다면 피하고 싶었다.

갓난이에게서 구릿한 냄새가 풍겨왔다. 의자 위에 모포를 깔고 아기를 뉘이자 금방 잠에서 깨어 커다란 눈을 떴다. 기저귀의 똥은 뭉개져 있었다. 씻을 곳이 필요했다. 시소 쪽을 어슬렁거리던 딸아이가 다가와 코를 틀어막았다. 손가락 끝이 공중화장실을 가리켰다. 연홍은 아이를 안고 화장실로 향했으나 쇠사슬로 잠겨 있었다. 주변을 살펴보아도 씻을만한 곳은 없었다. 겨드랑이를 움켜쥔 자세가 불편한지 아기가 칭얼거렸다. 연홍이 의자로 돌아와 물티슈로 갓난이의 엉덩이를 닦았다. 몇 장을 꺼내 닦아도 냄새가 남았다. 씻겨줄 수도 없는 처지가 더욱 서럽다. 남은 물티슈와 기저귀를 헤아려보았다. 근심이 깊어졌다. 딸아이가 다가와 엄마 몰래 분유통을 열어 한 수저를 날름 삼켰다. 아이는 배가 고팠으나 엄마를 조를 수 없었다. 엄마가 슬픈 눈을 들기 전, 아이는 놀이터로 겅중겅중 돌아가 괜한 뜀박질을 했다.

작은 손에 들린 사탕 통에서 사탕은 더 이상 나오지 않았다.

연홍은 남은 돈을 털어 국밥집에 들렀다. 뜨거운 국물이 속을 파고들어 땀이 되어 흐른다. 딸아이는 금세 그릇을 핥았다. 연홍은 몇 번이고 국물을 덜어주었다. 발을 까부는 갓난이에게도 따뜻한 국물 한 모금을 먹였다. 곧 이유식을 해야 할 때였다. 갓난이의 작고 부드러운 혓바닥이 가쁘게 오갔다. 새끼들을 먹이는 순간의 충만함이 연홍에게 없던 용기를 샘솟게 했다.

허름한 여관을 찾아가 청소를 도맡기로 약속하고 사나흘 방을 얻었다. 인심 후해 보이는 아주머니는 애를 업고 들어온 연홍을 애잔하게 바라보았다. 자신도 어려운 시절이 있었노라고, 갓난이를 어르며 위로했다. 연홍과 아이들에게 자그마한 골방을 내준 주인은 건물 전체의 화장실과 방청소, 세탁물 수거 등을 맡겼다. 아이들이 울거나 떠들어서는 안 된다는 것이 조건이었다. 연홍은 갓난이를 업고 딸아이를 데리고 다니며 청소를 했다. 어떤 방은 쓰다버린 콘돔이 널브러져 있었고, 어떤 방은 퀴퀴한 곰팡내가 났으나 새끼들을 품어 재울 수 있다면 무슨 일이든 좋았다. 아이의 무게와 한낮의 더위가 섞여 연홍의 이마에선

쉼 없이 짠물이 흘러내렸다. 갓난이는 버둥거리다 잠잠하기를 반복했고 딸아이는 혼자서 놀았다.

세제를 풀어 한창 변기를 닦던 연홍을 누군가 잡아끌었다. 주인 아주머니였다.

안 돼, 이러면, 노기 어린 얼굴이 푸르다. 다른 손끝에 딸아이의 뒷덜미가 덜렁 잡혀 있었다. 콧잔등으로 흐르는 땀을 훔치며, 연홍은 딸아이를 낚아채듯 당겼다.

−너 무슨 짓 했어!

연홍이 아이에게 물었다. 소리 없는 어미의 말을 아이는 잘 알아들었다. 하지만 이번만큼은 모르겠다는 얼굴이다. 처음엔 입꼬리가 활처럼 내려가 뿌루퉁하게 나오는가 싶더니 곧 벌겋게 달아오른 눈이 그렁그렁했다.

일꾼, 하루살이, 나가, 난리 나, 주인아주머니는 속사포처럼 빠르게 내뱉으며 손가락으로 허공을 찔러댔다. 주로 일용을 다니는 일꾼들이 머무는 여관이었다. 야간 일을 하고 오는 이도 많았다. 아이가 뛰어다녀 그들을 깨우면 곤란하다는 뜻일 게다. 입장은 이해했으나 연홍은 눈물짓는 딸아이가 더욱 서러웠다. 머리를 조아리며 아주머니를 보내고, 연홍은 괜스레 딸의 등짝을 몇 대나 때렸다. 아이가 울어댔다. 그 입을 틀어막으며 연홍은 방문을 잠갔다. 청소를 마칠 때까지 딸은 방에 갇혀 있었다.

물에 불은 손을 털며 들어서자, 지루함으로 안달이 나 얼굴까지 파리해진 아이가 튀어나왔다. 놀이터, 놀이터. 아이는 엄마를 끌어당겼다. 방 안은 쑥대밭이었고 온갖 짐이 다 풀어헤쳐져 있었다. 갓난이의 기저귀 몇 개는 세면기에 처박히고 분유통은 비어 있었다. 연홍은 등짝을 더 두들겨주려다가 그늘이 내려앉은 딸의 얼굴을 보았다. 네 살의 설움이 아니었다. 내리치려던 손을 거두고 아이를 폭신하게 끌어안았다. 울지 마. 울지 마라. 네 탓이 아니다. 그러나 너희를 어쩌면 좋으냐. 아이의 울음이 길었다. 연홍은 한밤에 아이들을 데리고 나가 오래 놀았다.

연홍은 그날, 주인아주머니의 은밀한 방문을 받았다. 아이들이 모두 잠들고 홀로 뒤척이던 밤이었다. 문을 두드린 아주머니의 얼굴은 대낮의 정다움이나 서슬 퍼렇게 겁박하던 모습과는 딴판이었다. 살살한 웃음과 간할한 빛이 흘렀다. 그 사이로 녹아 있는 동정심은 오히려 이물스러웠다.

보름은 살 수 있어. 암, 살 수 있지.

거래의 조건이란 건 이제 놀라운 일도 아니었다. 은혜와 원한은 털끝 차이였고, 그 미소한 차이조차 결국은 무의미했다. 살기 위한 길마다 그만한 대가는 연결되어 있었다. 연홍은 소름이 쭉 끼쳤다. 저녁녘부터 미열이 올라오던 갓난이는 기진한 숨을 내뱉으며 신음했다. 분유가 떨어져 생우유를 덥혀 먹인 탓인지도 몰랐다. 딸아이는 슈퍼의 싸구려 빵으로 저녁을 때웠다. 빈 사탕 통이 품에 그대로 안겨 있었다. 주인아주머니가 연홍을 채근했다. 남편이 수감된 지 다섯 달쯤 되었다. 사이사이 연홍이 아르바이트를 했으나 큰 도움은 되지 못했다. 한두 번은 근처의 어린이집에 맡겨본 적도 있었지만 두 아이 모두 너무 울어대 곧 데리고 와야 했다. 몇 시간 보육의 대가로 돈이 나갔다. 선생님들은 무언가를 설명하려 했지만 연홍 쪽에서 알아들을 수 없었고 연홍이 무언가를 묻고자 했으나 그들이 알아듣지 못했다. 연홍은 자신이 어디에 속해 어떻게 살아가고 있는지 흐리멍덩한 안개 속처럼 뿌옇기만 했다. 이제 남은 것은 아무것도 없었다. 기저귀도 분유도 없었고 여관에서마저 내쫓기면 노숙을 면하기 어려웠다. 새벽녘 아이들을 몰고 공원으로 가는 일은 한 번으로 족했다. 연홍은 무엇에라도 이끌리듯 문을 나섰다. 혀끝이 깔깔하게 입술을 훑었으나 제 감각이 아닌 것처럼 낯설었다.

눈 딱 감고, 아주머니는 말했다. 젊은 시절 겪어왔다는 어려움이 이런 것이었나요, 연홍은 묻고 싶었으나 어떤 의문도 말이 되지는 못했다.

소리를 잃지 않았다면, 연홍은 수만 번도 더 되뇌었을 질문을 떠올렸다. 그랬다면 엄마는 자신을 버리지 않았을까…… 원장의 그늘을 벗어날 수 있었을까…… 빚 많은 남편을 만나지 않았을까…… 아이들을 낳지…… 의문은 매번 그 지점에서 끊겼다. 아이들이 없다는 상상보다는 소리를 잃은 실제의 사실이 덜 고통스러웠다. 설사 아이들이 이런 엄마를 가져서 불행을 겪게 될지라도 연홍은 그렇게 생각할 수밖에 없었다. 아이들은 이미 온 세계의 중심으로 존재했고 연홍에게 그것만이 진실이었다.

눈 딱 감은 사이에 시간은 흘러갔다. 흘러간 시간만큼 고통은 아로새겨졌다.

연홍은 비틀거리며 아이들 곁으로 돌아왔다. 욕실에선 미지근한 물이 흘렀다. 무형의 물이 유형의 몸을 위로할 수 있다는 것이 이상스러웠다. 물이 흘러내려 씻긴 자리마다 괜찮다고 연홍은 스스로를 다독였다. 갓난이가 깨어 울었다. 열이 더 높아졌다. 남은 우유를 조금 먹이고 윗옷을 벗겼다. 자주 보채서 빈 젖을 밤새 물렸다. 딸아이 때 샘물처럼 터졌던 젖은 둘째를 낳고서는 완전히 막혔다. 아이를 낳을 때 남편은 교도소에 있었다. 미역국을 먹을 틈도 돼지발을 구할 틈도 없었다. 무엇을 했는지 모르게 시간은 흘러왔고 매 순간을 간신히 버텼다. 이제와 남편에게 순정을 배신했다 한들 어쩌란 것인가, 연홍은 캄캄한 절망 속에 홀로 부르짖었다. 무겁고 끈끈한 밤의 더위가 아이들과 연홍의 이마를 덮었다. 연홍은 울고 싶었다. 밤일이 잦아지던 엄마가 곧 자신을 버렸던 것을 생각하면 더욱 울고 싶었다. 결국엔 아이들을 어딘가에 떨구고 살 길을 찾아 가게 되는 것은 아닐까 정신이 아득해졌다. 연홍은 몸을 작게 고부리고 앉아 그렇게 밤을 새웠다. 갓난이가 두어 번 토했고 나중엔 노란 것을 토했다. 연홍이 끓인 물을 식혀 먹였더니 그것도 도로 토했다. 딸아이는 무슨 꿈에선지 자꾸 뒤채며 울음을 삼켰다.

아침이 밝아오자마자 약국을 찾았다. 주민번호도 없는 갓난이에겐 의료보험이 없었으므로 감히 병원을 생각지 못하는 연홍이었다. 이르게 연 곳이 없어 한참을 헤맸다. 해열제와 임시방편의 약을 받아들고 여관으로 황급히 돌아오는데 현관에 주인아주머니가 노기 어린 얼굴로 기다리고 섰다. 아기의 울음이 느껴졌다. 본능인지 진동인지 알 수 없었다. 처음엔 바람에 부대끼는 대숲처럼 아득하던 것이 점차 까마귀 울음처럼 고조되며 껄떡껄떡했다. 울음은 미세한 소름이나 등허리의 서늘한 한기로 전해졌다. 연홍이 계단참을 뛰어올라갔다. 두 계단, 세 계단씩 뛰어오르면서 연홍은 어린 날 보육원의 가파른 계단이 떠올랐다. 할 일도 밀린 일도 많았던 시절, 연홍은 언제나 계단을 몇 개씩 뛰어오르다 이마를 찧고 울었다. 소매로 피를 닦으며 엄마, 엄마, 하고 울었던 기억이 가슴을 찔렀다. 방문 앞에 다 왔을 때, 웬일인지 울음은 뚝 그쳐 있었다. 지쳐 나부라진 것인지 절로 열이 내린 것인지, 연홍은 마른 가슴을 떨며 문을 열었다. 딸아이가 깨어 갓난이 손을 붙잡고 있었다. 그 손이 새파랬다.

—아기 울어.

부은 눈으로 딸이 말했다. 다른 손에는 사탕 통이 들려 있었다.

무슨 영문이었을까. 연홍은 어린 시절, 동네 어귀에 살던 검은 개를 떠올렸다. 털이 듬성듬성한 더러운 들개였다. 아이들이 돌을 던져 내쫓으면 산으로 도망쳤다가 밤이면 돌아와 골목을 어슬렁거렸다. 연홍은 그 개를 검둥이라고 불렀다. 아직 소리를 잃지 않았던 시절, 연홍은 곧잘 검둥아, 검둥아 부르며 등을 쓸어주었고 개는 할짝거리며 손바닥을 핥았다. 엄마가 오지 않고 달이 환한 날엔 검둥이랑 둘이서 골목을 뛰어다녔다.

검둥이 사체가 발견된 건 도랑가였다. 눈이 돌아가고 주둥이에 허연 거품이 묻어 있었다. 근처에 연홍이 던져준 감자가 흩어져 있었다. 청산가리를 먹었구먼, 쯧쯧. 동네 어른은 혀를 차며 지게에 개를 얹었다. 그 감자는 쥐를 잡으려 엄마가 놓은 덫이었다. 연홍이 알 턱이 없었다. 부엌 바닥에 떨어진 것을 보고 가져다주었을 뿐이다. 진흙구덩이에 털푸덕 떨어지던 검둥이는 미동도 없었다. 낙엽이 한 잎 떨어지듯 조용히 땅에 묻혔다. 어린 연홍은 밤새도록 덜덜 떨었다. 엄마에게도 친구에게도 말 못한 비밀이었다.

연홍은 나부죽이 늘어진 아기를 안아 올렸다. 푸르게 질려 있는 몸이 아직 따뜻했다. 들뜬 열이 남아 있고, 끈적한 땀은 살갗에 들러붙었다.

–검둥아!

어디선가 벼락같은 고함소리가 들려와 연홍은 꿈에서 깨어난 것처럼 깜짝 놀랐다. 그것은 분명 자신의 목소리였다. 골목길마다 개를 찾아다니던 자신의 울음소리였다. 연홍은 아기의 가슴을 풀어헤치고 심장을 압박했다. 어디선가 본 듯한 응급처치를 하며 딸아이에게 비명을 질러댔다. 아주머니를 불러와, 빨리. 딸아이는 방문을 나서지도 못하고 울음을 터뜨렸다. 아무리 다그치고 다그쳐도 몸을 웅크리고 빨간 입속을 내보이며 울 뿐이었다.

연홍은 아기의 입에 숨을 불어넣었다. 가슴을 눌렀다. 아기의 젖내 나던 입안에서 나프탈렌 냄새가 진동했다. 너 뭘 줬어? 뭘 준거야? 딸아이가 바르르 떨었다. 빈 사탕 통이 바닥을 데구루루 굴렀다. 연홍은 아기를 안고 신발 끝을 헤아리다 걷어차고는 맨발로 뛰쳐나갔다. 딸아이는 뛰는 엄마를 따라잡지 못해 울었고 무서워 울었다. 연홍은 차라리 우는 아이가 부러웠다. 그저 울기만 하면 모든 것이 그 눈물로 사라지는 무책임함이 시새웠다.

나프탈렌이 기도를 막은 것은 불운이었다. 그냥 삼켰다면 죽지는 않았을 것이라고 했다. 어쩌면 처음이 아닐지도 모른다고 했다. 우유를 먹고 열이 났다면 그 전에도 먹었을 수 있다고 했다. 연홍은 억장이 무너져 숨이 막혔다. 천치등신…… 천치등신…… 온 세상이 자신에게 손가락질하듯 그 말만이 귓가에 맴돌았다. 의사는 경찰과 동사무소에 신고해야 한다고, 종이에 써서 보여주었다. 연홍은 아기를 업고 나왔다. 숨이 끊기고 나니 아기의 보드라운 육체는 다만 가벼운 짐 꾸러미였다. 맨발이 돌부리에 찍혀도 연홍은 아픈 줄도 몰랐다.

딸아이가 여관 근처에서 죽자꾸나 울고 있었다. 붉다 못해 시푸른 얼굴이 금방이라도 숨이 넘어갈 것 같았다. 연홍은 발발 떠는 딸아이를 가만히 끌어안았다. 주인아주머니가 나와 사정도 모른 채 악다구니를 썼다. 처음으로 소리를 잃은 것이 다행스러웠다.

딸아이의 뱃속으로 들어간 것들과 죽은 갓난이 몸에서 나프탈렌 냄새가 퍼졌다. 화장실 벽엔 아랫도리가 뜯겨진 나프탈렌 망이 그대로 걸려 있었다. 그것을 가져와 손톱 끝으로 갈가리 찢어놓았다. 그러고도 성에 차지 않아 어금니로 아작아작 씹어 삼켜버리고서야 꺼억 꺼억 신음했다. 모든 불행의 예감은 늘 들어맞았다. 보석 같은 아침 해가 방 안을 환하게 비추는데 연홍은 여전히 어둠 속에서 체념하듯 울었다.

오래간만에 딸아이를 안았다. 아이는 봇짐처럼 가벼웠다. 연홍은 아이가 동생의 기억을 지울 수 있기를 바랐지만, 살다가 문득 벼락처럼 떠오를 것을 알고 있었다. 연홍은 아이를 보육원으로 데리고 갔다. 낯선 곳에서 아이는 자꾸만 두리번거렸다. 원장이 한 여성을 불러 아이를 소개하자 가련한 두 눈이 그렁그렁해졌다. 연홍은 부러 눈을 보지 않았다. 반드시 데리러 오겠다고 약속했다. 새끼손가락을 걸면서 아이는 터진 석류처럼 붉게 울었다. 다시 만나지 못할까 봐 의심하고 있었다. 연홍 역시 현기증이 나도록 두려웠다. 엄마는 끝내 오지 않았다. 그러나 연홍은 거듭 약속했다.

—올 거야, 꼭.

연홍은 세상의 말을 듣기 위해 길을 나섰다. 한여름의 더위가 아이의 울음처럼 길게 눌어붙어 등허리가 새삼 척척했다. 연홍은 아직도 갓난이를 업고 있는 듯해 몇 번이나 뒤를 돌아보았다. 멀리서 온몸으로 우는 딸아이가 꽃처럼 흔들렸다. 겨울이 되어 소복 같은 흰 눈이 뒤덮이고, 봄이 되어 환하게 만발하면 그제야 다시 만날 꽃이었다.

발끝으로 서다

1

올해 여름은 지독하게 더웠다. 이른 장마가 일주일쯤 지나간 뒤 비가 내리는 일도 드물었고, 기상예보에서는 매번 최고 기온을 경신했다는 보도뿐이다. 그럼에도 여름을 지루하게 느낀 적은 없다. 피부에 닿는 대지의 뜨거운 열기보다도 내 안의 열정이 더욱 타오르고 있었던 때문이다. 오히려 불안해진 것은 야간 습격이라도 감행하듯 들이닥친 가을, 그 써늘하고도 소름끼치는 감촉이었다. 창문으로 스며든 바람에 발끝이 시려오던 새벽, 나는 어쩌면, 이라고 불현듯 생각하고는 까닭 없이 몸서리를 쳤다. K가 다녀간 바로 다음 날이었다.

K와는 직장에서 만났다. 우리 부서의 책임자였고 나이는 내 아버지뻘이었다. 나는 곧 그를 좋아하게 되었다. 그의 나이와 직위, 외양이나 조건 같은 것은 중요하지 않다. 푸른 잎맥처럼 곳곳에 뻗어난 주름, 결벽적일만큼 정갈한 차림새, 자상하게 바라보는 그윽한 눈매…… 모든 것이 좋았다. 그는 언제나 유쾌하고 지적이었으며 친절했다. 어떻게든 기회를 만들어 그와의 인연을 만들어간 것은 욕심이라기보다는 참을 수 없는 애정이었다. 그와 연인 비슷한 관계가 된 것은 그로부터 반년 정도의 시간이 지난 뒤다. 세상 사람들이 생각하는 요사스러운 말이나 교태로 그를 유혹한 것은 아니다. 물 흐르듯 자연스레 그렇게 되었다. 그에게 여러 번의 스캔들과 애인이 있었다는 것은 다른 직원들의 소문을 통해 알고 있었다. 사모님이라고 불러야 할 그의 아내 또한 그러한 사실을 묵인한다는 것이다.

–더 이상 기대나 사랑조차 없는 게 아닐까요?

회사의 갖가지 소문을 전해주곤 하는 선임 J에게 나는 시큰둥하게 말했다.

–어머, 자긴 결혼을 안 해봐서 몰라. 아무리 배우자에게 정이 없어도 그 꼴은 못 보는 거야. 그런데도 현실적인 이유로 참

는 거겠지. 자식이나 돈 문제 말이야.

내게는 상관없는 일이었다. 내가 K의 애인이라는 소문이 퍼져서 그의 아내가 눈을 감아주거나 말거나, 내게는 지금 이 순간, 그가 나를 사랑하고 있다는 것만이 중요했다.

–자기 올해 계약은 어떻게 되는 거야?

J는 오지랖 넓게도 남의 정곡을 찌르며 근심 어린 얼굴을 했다. 입사 당시 일 년의 계약직 후 정규직 전환을 구두로 약속받았으나, 회사 상황이라든지 피치 못할 구조조정 같은 말이 여러 차례 들려왔다.

–E 씨는 어제 인사과에 항의했대. 계약 연장하려거든 강릉 지사로 파견 가야 할 거란 소릴 들었다나. 말이 지방 지사지 사무실도 변변찮을 걸. 자기도 그런 데로 가라고 하면 어떻게 할 거야?

–가라고 하면 가야지요. 그런다고 소란을 피우면 정규직 되기는 더 힘들지 않겠어요?

진심으로 말했다. J는 약간 놀란 모양이었다. 빈 커피 잔만 공연히 만지작거린다. 계약직의 정규직 전환을 반대하는 것은 사실 J와 같은 선임들이었다. 하지만 나를 강릉으로 보낼 리는 없었다. K의 사랑이 더욱 값지게 느껴지는 데는 이러한 현실적인 이유들을 포함하고 있었다. 수많은 외도에도 이혼하지 못하는 그의 아내처럼.

2

믿기지 않을 만큼 갑작스러운 가을 공세 속에 K도 좀 달라진 듯 보였다. 지난밤 집에 왔을 때만 해도 여전히 다정했던 사람이, 하루 만에 SNS 답도 뜸해지고 밤이 되어도 연락이 없다. 무심해졌다고 칭얼댈 나이는 아니다. 특히 집안에 일이 있을 때는 내버려두는 것이 상책이다. 그런데도 근무 내내 핸드폰을 바라보고 집에 와서는 스팸 문자 하나에도 깜짝깜짝 놀란다.

「무슨 일 있는 건 아니죠. 연락주세요.」

SNS 화면 속에 내가 보낸 문자만 동그마니 놓여 있다. 읽음 표시는 사라졌다. 연락을 주지 못할 만한 사정이 있을 것이다. 잘근잘근 손톱을 깨물었다.

잡념을 잊는데 청소만큼 좋은 건 없다. 팝 베스트를 크게 틀어놓고 설거지부터 시작한다. 지난밤의 흔적이 개수대에 그대로 남아 있다. 그가 오는 날은 언제나 직접 식사를 준비한다. 주로 치즈그라탕이라든지, 까르보나라든지, 치킨까스나 연어 스테이크 같이 그가 집에서는 먹어보지 못했을 만한 요리를 선택했다. 다만 술만은 맥주가 좋겠다고 부탁하였기에, 국산 술과 수입맥주를 섞어 내왔다. 그는 시원스레 먹고 마시며 회사나 정치 이야기를 짤막짤막 늘어놓았다. 식사도 마치고 술도 모두 비우면, 그때는 더 이상 망설이지 않고 침실로 향한다. 샤워를 한다든가 양치질을 하는 절차는 모두 생략한다. 그는 아주 현실적이고 정열적이다. 자칫 징그러워 보일 수 있는 행동도 자연스럽다. 나는 가끔 웃음을 터트리거나 자연스럽게 눈을 감고서 그의 단점 같은 것은 깔끔히 무시해버린다. 사랑하는 사람을 잃고 싶지 않은 것이다. 그러다 실수로라도 눈을 뜨게 되면 그가 아주 낯설게 보인다. 이제껏 보이지 않던 그의 나이가 보이고 세대가 보이고 고리타분한 사상, 생각, 속물적인 욕망, 더러운 이기심도 보인다. 그럴 때 가슴이 덜컥 내려앉는다. 내가 좋아한 것은 누구였을까, 하염없이 두려운 생각에 빠져 들어간다. 다행히 내 가슴에는 스톱 버튼이 하나 있어서 불행의 파이를 키우지 않는다. 황급히 스위치를 눌러 불안한 상념을 말끔히 지워낸다. 그는 내가 사랑하는 사람이고 그 역시 나를 사랑하고 있다. 주문처럼 몇 마디를 중얼거리면 내 마음은 다시 또 뜨겁게 달아올랐다.

설거지를 마치고 청소기도 돌렸다. 별다른 짐이 없는 집 안은 아주 깨끗하다. 그만 무료해져 텔레비전을 켠다. 드라마, 예능, 영화 채널을 차례대로 돌려보지만 도무지 눈이 가지 않는다. 혼자 산다는 것은 이럴 때 아주 매섭다. 나 자신이 아닌 다른 무엇에 빠져들 수가 없다. 느닷없는 옛날이야기를 꺼낸다든지 구멍 난 양말과 바늘을 들고 온다든지 뒷집 늙은이의 욕설 같은 걸 늘어놓을 사람이 없는 것이다. 그런 사람은 내게 오직 한 사람뿐이었다. 나는 할머니의 말랑말랑한 다리를 주무를 때나 폭 안기면 은근히 퍼져오던 할머니의 고소한 살 냄새를 떠올린다. 다시 한 번만 그 감촉과 냄새를 느낄 수 있다면, 내 삶에 남은 단 일 퍼센트의 축복이라도 모조리 내놓을 수 있으리라.

이런 생각이 들기 시작하면 아주 울적해지기 때문에 더듬더듬 스톱 버튼을 뒤졌다. 작고 희미하지만 어떤 불행의 그늘에서도 나를 지켜주던 버튼. 그러나 때때로 그것은 제대로 작동되지 않는다. 결국 그 밤, 침실에도 들어가지 못하고 새우처럼 웅크린 채 울고 말았다. 아무도 말리지 않는다. 위로도 없다. 울음소리가 흐르는 작은 집 안은 오로지 비극으로 가득 찬다. 할머니가 돌아가신 후로 늘 이런 식이었다.

3

일어나 거울을 보니 눈이 퉁퉁 부었다. 원래 잘 붓는 체질이지만, 이럴 때의 얼굴은 슬픔이 곧장 들여다보이는 것 같아 끔찍하다. 핸드폰엔 0통의 부재중 전화와 0개의 문자. 가슴 한편에 날카로운 불안이 사각사각 쇳소리를 낸다. 커피를 끓였지만 조금도 삼키지 못했다. 혓바늘이 선 듯 따갑다. 컵을 씻어 그대로 냉수를 한 잔 마셨다. 지나친 사랑은 독이다. 집착은 늘 상대를 괴롭혔고 결국에 그들을 떠나게 했다. 몇 번의 사랑이 끝날 때마다 곱씹고 곱씹으며 누구도 너무 사랑하지는 않으리라 다짐했었다. 그러나 누군들 적당한 사랑이란 것을 알 수 있을까. 나로선 사랑의 완급을 조절하는 것보다 한껏 사랑하고 피투성이가 되는 쪽이 훨씬 쉬웠다.

찬물로 세수를 한다. 얼음같이 날카로운 물방울들이 울적하게 가라앉은 세포들을 깨운다. 적어도 회사에서는 그를 볼 수 있다. 내 호들갑스러운 조바심도 작은 오해로 끝날지 모른다. 서운함에 투정을 부린대도 그는 느긋하게 웃어 주리라. 얼마간 토라지겠지만 오래가지는 못한다. 오랜 등걸처럼 따뜻하고 안온한 그 품을 거부할 수는 없는 것이다. 화장품을 찍어 바르는 손이 저절로 바빠졌다.

–아주 수렁으로 기어들어가는구나.

연애를 막 시작했을 무렵, 친구 D는 질린다는 얼굴을 했다.

–그거 모음을 잘못 붙인 거 아냐? 난 분명 사랑에 빠졌다고 했는데.

웃음기 섞인 대꾸에도 그는 찌푸린 얼굴을 펴지 않았다. 들고 있던 펜을 테이블에 탁 내려놓고 냉커피의 빨대를 쪽쪽 빨았다. D는 학생들 시험지 채점 중이었다. 초등학교 교사인 그의 도덕률 앞에서 내 사랑을 재단 받을 마음은 없었다. 그저 다른 소소한 이야기들처럼 고개나 끄덕여주면 되는 일이다. 그런데도 D

는 집요하게 나를 비난하고 들었다.

–네 인생을 그런 데서 보상받으려는 것부터 문제라고 봐.

친구의 얼굴을 빤히 쳐다보았다. 눈꼬리가 사납게 올라가 있다. 이럴 때의 그는 하고 싶은 말은 무엇이든 하고 만다.

–사랑이 네가 구하는 답이 되진 못해. 더구나 불온한 사랑이라면.

나는 슬그머니 두 손을 들고 장난스럽게 웃었다.

–내 연애에 그리도 큰 의미를 둘 줄은 몰랐네. 나 무정부주의자나 반체제 인사라도 된 거야?

D는 내 말을 못들은 체하고는 무겁게 말했다.

–그 사람의 가족에 대해선 생각 안 해봤어? 네가 상처받았다고 해서 누군가에게 상처를 줄 권리가 있는 건 아니야.

멋쩍어했는지 억지로라도 웃었는지 기억나지 않는다. 아마도 그의 말이 옳을 것이다. 하지만 세상의 옳은 것이 나에게도 옳아야 한다고는 생각하지 않았다. 세상 또한 내게 그 의미를 보여준 적이 없었다.

4

회사 입구의 주차장에서 그의 차를 찾아냈다. 흰색 포르쉐, 718 박스터다. 차를 택할 때, 그는 여러 번 광고지를 보여주었다.

–어떤 게 좋겠어? 마음에 드는 걸로 골라 줘.

그는 종종 자기 삶의 어떤 부분을 공유함으로써 내 사랑에 보답하려 했다. 사실상 사랑은 확고한 입증이나 부정이 불가한 것이어서, 그의 사랑을 믿기는 아주 쉬웠다. 몇 종류의 브랜드를 고민한 끝에 그 차를 택했다. 우리는 종종 드라이브를 했고, 어느 강변에서는 동이 터올 때까지 밤을 지새우기도 했다. 그가 다정하게 머리칼을 빗겨주면서 자신의 모든 것이 사실 내 것이나 다름없다고 속삭였다. 그런 말 한 마디가 나를 들뜨게 한 것은 물질의 가치가 아니라 그에 대한 소유의 증명이었다.

지금 그 포르쉐는 깨끗하게 세차되어 벨벳처럼 부드러운 햇살 아래 반짝였다. 반년이나 길들여온 누군가의 차가 아니라 쇼윈도에 전시된 처음 그대로인 것만 같다. 그 생경함은 지난 새벽녘 가슴을 두드리던 가을처럼 낯설다. 나는 가늘게 몸을 떨었다.

오전 내내 K를 볼 수 없었다. 몇 번이나 결재를 핑계로 찾아

갔지만 부속실의 여직원은 중요한 회의 중이라고 거절했다. 억지를 쓸 수는 없었다. 스캔들이란 양쪽 모두에게 치명적이지만 약자에게 더 불리하게 마련이다. 메신저를 보내봤지만 답은 없었다. 오후에는 관계 업체 출장으로 바빴다. 사무실에 돌아와 다시 한 번 메시지를 보내려고 하니 그의 SNS 프로필 사진이 삭제되어 있다. 내가 찍어서 보내주었던 흰개망초꽃 사진이었다. 갑작스러운 이별은 없다. 언제나 징조는 있는 법이다. 그렇지만 나는 번번이 그것을 읽지 못했다.

퇴근시간이 가까워질 무렵, J가 커피를 마시자고 청했다.

–모르지? 지금 자기들 인사평가 진행 중이래.

현재 아홉 명의 계약직 중 한 명만 남게 되고, 세 명은 지방으로 파견, 나머지는 계약해지가 될 거라고 한다.

–인사평가라고 하지만, 결국 뒷배 간의 대결 아니겠어? 자기도 줄 같은 거 있으면 얼른 청탁 넣어. 한 마디 거들어주는 게 이럴 때 얼마나 큰 힘인데.

–글쎄요…….

나는 말을 삼키며 빈 종이컵을 구겼다.

–왜? 우리 부장님하고 친하지 않아?

J는 말꼬리를 높이며 은근히 웃었다.

–언제 보니까 부장님 차 같이 타고 가는 것 같던데.

갸웃갸웃 눈치를 살피는 모습이 뱀의 간교함을 닮았다.

–차 한 번 얻어 탔다고 청탁할 수 있나요. 평가대로 해야죠.

종이컵을 휴지통에 던져 넣었다. J는 무안한 듯 어깨를 으쓱하더니, 금세 얼굴을 고쳐 속삭였다.

–그거 알아? 이번 평가 대상 중에 그이 애인이 있대.

J는 경망스럽게 새끼손가락까지 치켜들었다.

–남직원 사이에 도는 소문인데, 부장이 요새 정력제니 스태미너 음식을 찾으면서 젊은 애인 때문이라고 너스레를 떨더래. 몸매니 기술이니 주책을 부린 모양이야. 여자와 자동차는 때마다 바꿔야 한다나. 그런데 그게 누군 줄 알아? 세상에, E 씨라는 거야. 지난번 인사과에 항의하고 소란을 벌인 것도 실은 부장님에 대한 투정이었다는데? P 씨와도 가깝다는 소문이고, 하기는 애인을 두세 명쯤 만나는지 모르지. 말이 애인이지 몸 파는 창부나 다름없잖아?

J는 종알종알 떠들어대며 킥킥거렸다. 그 높고 찌르는 비음이 가까워졌다 멀어졌다 제멋대로 춤을 춘다. 나도 모르게 가슴

께의 단추를 만지작거렸다. 분명하게 잠겨 있었다. 그런데도 알몸으로 세상 앞에 선 것처럼 절망적인 수치심이 몰려들었다. 무수한 손가락질과 비난, 욕설이 뒤섞인 말장난. 비웃음, 멸시, 냉소. 결코 익숙해질 수 없는 지독한 음절들이 귓가에 조롱하듯 퍼졌다. 그 한가운데 서 있는 것은 E도 P도 아니고 나도 아닌, 아홉 살짜리 어린 계집아이였다.

5

그의 손에는 자주 빨랫방망이가 들려 있었다. 빨래더미에 파묻혀 찾아내지 못할 때는 구두주걱이나 효자손 같은 걸 들 때도 있었다. 그는 늘 화가 나 있었고 늘 취했다. 취할 때나 그렇지 않을 때나 그의 눈에 띄는 일은 좋지 못했다. 나는 화장실 변기 옆이나 세탁기 뒤에 작은 몸을 우겨넣은 채 그가 다시 외출하기를 기다리곤 했다. 들키는 날에는 실컷 두들겨 맞거나 이해할 수 없는 진탕한 욕설을 들어야 했다. 그가 어느 날엔 나를 불러다가 내가 싫은 이유를 하나하나 일러 주었다.

–넌 말이야, 아이답지가 않아. 그 눈빛 봐봐. 아주 날카롭고 독해. 네 어미하고 똑 닮았어. 키워준 은공도 모르고 언젠간 나를 버리고 도망가겠지. 넌 귀엽지도 살갑지도 않고 늘 눈치나 보면서 숨고 제대로 인사 한 번을 안 해. 거기다 계집아이가 밥할 줄도 몰라서 아비가 해놓은 밥상에 숟가락만 척 얹고는 뻔뻔하게 처먹거든. 설거지 시켜놓으면 그릇 깨먹지, 빨래하라면 땟물이 그대로지, 뭐 하나 좋게 볼게 있어야지. 남들은 딸년이 살림밑천이라지만 넌 밑천이 아니라 깨진 독이지 뭐냐. 아마 커서도 별 볼 일 없는 계집아이가 되겠지. 누구에게도 사랑받지 못할 거야. 얼굴도 아주 못생겼거든.

때리거나 욕을 듣는 일이 낫지, 그렇게 차분하게 앉아서 조근조근 비수를 꽂는 데는 참을 수가 없었다. 겨우 아홉 살이었다. 그의 이유라는 것들이 정말로 합당한지 안 한 지 따질 겨를도 없이 눈물이 쏟아졌다. 저주받은 아이, 아무 쓸모도 없는 아이, 앞으로도 세상에 도움 하나 되지 않을 아이라는 생각이 가시처럼 온몸을 찔렀다.

–옆집 아줌마도 너 때문에 지긋지긋하다고 난리다. 네가 담벼락에 붙어앉아 그 집을 힐끔힐끔 엿보고 툭하면 훌쩍훌쩍 울

어대는 통에 귀신 나올 것 같다잖아. 나도 무슨 지은 죄가 많아서 길고양이 같은 것을 거둬야 하는지, 니가 나를 불쌍하게 생각해야 할 거다. 니가 내 딸인지 아닌지도 난 모르겠거든.

그의 말대로 그를 불쌍히 여겼다. 내가 불쌍하다고 여기기에 그의 날카로운 독설은 어린 것의 마음을 옭아매는 마력이 있어서 되새기면 새길수록 진실처럼 느껴졌다. 까맣고 못생기고 바싹 마른 계집아이. 어미는 도망가고 아비는 술에 취해 저주하는 아이. 온 동네의 비웃음과 억측 속에 손가락질 받던 아이. 잠이 들면 다시는 희고 찬 새벽이 오지 않기를 얼마나 바랐던가. 그 어두운 밤들 속에서 내 가슴에 버튼을 숨겼고 그것을 눌러대며 귓가에 울리는 저주의 말들을 간신히 참아냈던 것이다. 눈물도 버튼도 너덜너덜해지도록 닳아갈 무렵, 그가 죽었다. 술에 취해 길을 걷다 화물트럭에 치였다. 초라하게 치러진 장례식에서 나는 눈물 한 방울 흘리지 않았다.

간신히 연락이 닿은 외조모에게로 보내진 건 몇 주 후다. 잠시 데리고 있던 고모 내외는 짐짝을 치우듯이 조급했다. 단번에 고속버스에 태워 가방을 밀어 넣었다.

-제발 말 잘 들어라. 거기서 쫓겨나도 여기로 올 생각은 하

지 말고.

그들은 버스가 출발하기도 전에 미련 없이 떠났다.

태어나 처음으로 마주한 할머니는 생각보다 훨씬 나이 들어 보였다.

엄마가 막내딸이었다. 외지에서 일하는 사이 혼자 자라난 막내는 집에서 멀어져 영영 돌아오지 않았다. 소식 끊긴 딸의 딸을, 할머니는 낯설게 바라보았다. 정류장에 걸린 낡은 거울이 내 초라한 모습을 그대로 비췄다. 삵처럼 잔뜩 웅크리고 독살스럽게 고개를 치켜든 아이. 나는 버려질 준비를 하고 있었다. 언제든 그 편이 안전했다. 이윽고 할머니가 천천히 걸어오더니 내 앞에 쪼그리고 앉아 손을 잡았다.

—어이구 이쁜 내 새끼, 혼자 어찌 왔으까이…… 어미를 닮아 똘망지게도 생겼다.

잔뜩 긴장하고 있던 어깨를 툭 떨어뜨리고 할머니를 멍하니 바라보았다. 신대륙을 발견한 콜럼버스나 인류 최초로 달에 착륙한 닐 암스트롱도 그때의 내 충격보다는 크지 않을 것이다. 할머니의 손바닥은 아주 까끌까끌했지만 따뜻했고 얼굴은 골골이 팬 주름으로 가득했지만 거짓 없이 밝았다. 원숭이처럼 붉고

쭈글쭈글한 갓난아이가 사실은 그때 태어난 것이나 마찬가지다. 내게는 그랬다.

6

저녁도 거른 채 이불을 둘러썼다. 홀로 누운 방은 어둡고 적요하다. 가끔씩 나뭇잎이 바람에 후루루 떠는 소리와 귀뚜라미 우는 소리만 찌륵찌륵 들려온다. 도심의 우뚝우뚝한 건물들 위로 몇 개의 별들은 외로이 반짝일 것이고, 거리는 휘황한 불빛에 휩싸여 있을 테지. 눈에 보이지 않는 것들을 상상해내는 것을 나는 아주 잘했다. 예를 들어, K가 애인의 자랑을 늘어놓을 때, 한쪽 눈을 깜빡이며 귀를 긁적였을 것이다. 애인의 자랑이란 건, 나이가 어리고 바라는 건 없는 데다 언제든 찾아갈 수 있다는 점이리라. 몸매는 그다지 볼게 없으니 보통 정도의 점수를 주었을 테고 기술이니 한 것은 몇 가지의 시시한 애교임이 분명하다. 그는 아마 E나 P가 아니더라도 다른 애인이 하나쯤은 더 있을 것이다. 나를 만난 건 주로 수요일과 금요일이었는데, 그의 아내가 저녁 교양 강좌를 듣는 날이었다. 다른 애인을 만나는 건 토요일이 유력하다. 그날은 아내가 다른 지역에 사는 아들에게 다니러 가는 날이다. 그는 때가 되면 애인을 정리한다. 만남이 길어질수록 위험부담도 높아지기 때문이다. 가볍게 만나고 버리는 인연이 그에게는 아주 쉬웠다. 사랑한다는 것은 있을 수도 없는 일이다. 그는 자신의 아내나 아들조차 가끔 짐스럽게 여겼다. 그런 생각을 하고 있자니 내 몸은 저절로 경직되고 떨렸다. 거울이 있다면 못생기고 표독스러운 어린 날의 계집아이가 그대로 비칠 것이다.

초인종이 울렸을 때에야, 악몽에서 풀려났다. D였다.

—꼴이 왜 그래?

손에는 초밥 도시락이 들려 있다.

—운 거야?

부드럽게 혀를 차면서, 자기 집인 듯 태연하게 부엌으로 들어선다. 접시와 간장 종지를 챙기고 맥주까지 한 병 꺼내서 식탁을 차렸다. 연어, 광어, 문어, 조개, 새우…… 차례로 늘어선 초밥 접시가 내 앞에 놓였다.

—너 조개 못 먹지, 참.

D는 제 몫의 새우초밥을 내 접시에 올려두고 조개초밥을 가져갔다. 조금 전 전화할 때만 해도 유부남과의 실연은 백 번 당해도 싸다더니 마음이 쓰이긴 했던 모양이다.

–그래도 동정은 하지 마.

새우초밥을 우물거리면서 나는 멋쩍게 말했다. 이번에 D는 다른 의미에서 혀를 찼다.

–언제 철들래.

서로 한 번씩 눈을 흘기고 초밥을 말끔히 먹어치웠다. 남은 맥주를 들고서 거실로 옮겨 소파에 등을 기대고 앉았다. 이인용 작은 소파다. D의 따뜻한 어깨가 와 닿았다.

D는 할머니가 맺어준 친구다. 당신 친구의 손자였는데 외톨이인 나를 걱정해서 일부러 만나게 해준 것이다. 어릴 때는 그런대로 어울렸지만 사춘기가 되면서는 두 노인의 말을 들을 리가 없다. 그렇게 얼굴도 깜깜히 잊고 지내다 할머니 장례식에서 다시 만난 것이 몇 해 전이다. 십여 년 만에 만났는데도 D앞에서는 무엇이든 자연스러웠다. 그가 원체 무던한 성격인 데다 할머니가 처음부터 끝까지 맺어준 친구였기 때문이다.

–헤어질 거지?

D는 맥주를 한 모금 삼키며 물었다.

–이미 그렇게 된 것 같은데.

–아니라면?

깨끗이 비운 맥주잔을 내려놓고서, 나는 자조적으로 웃었다.

–내가 좀 모자라긴 해도 바보는 아니잖아?

D가 쓴 입맛을 다시면서 고개를 기울였다. 의문문으로 끝난 것이 못마땅한 눈치다.

–가끔 널 모르겠어.

부족함이 없는 가정에서 좋은 대학 나와 좋은 직장까지 가진 그가 내 속속들이 상처를 이해한다는 건 어려울 것이다. 세월이 훌쩍 지나 아버지의 유골은 스러지고 밤새워 기대 울던 담벼락은 무너졌겠지만, 내 마음 깊은 곳 어딘가는 여전히 움푹 패고 상처 난 채로 지독한 냄새를 풍긴다. 겉으로나마 온전하게 살아갈 수 있었던 건 오직 할머니가 곁에 있었기 때문이다.

D는 말이 없었다. 바람소리가 심상치 않더니 비가 내리기 시작했다. 창문에 눈물자국처럼 띄엄띄엄 빗방울이 들러붙었다. 무릎을 곧추세우고 얼굴을 기댔다. 아무리 발버둥을 쳐도 내 자신으로부터 도망칠 수 없다. 그게 나였다.

D가 텔레비전을 켰다. 와글와글 모인 게스트들이 잔뜩 신이 나서 떠드는 예능프로그램이다. 나는 눈물이 그렁그렁한 채로 그들의 수다에 귀를 기울인다. 얼마 후에 그가 주방에서 과자 한 봉지를 꺼내오더니 와작와작 맛있는 소리를 내며 먹었다. 그 태평스러움이 감탄스럽다. 가끔씩 그의 낮은 웃음소리가 흘러나왔다.

–너 그렇게 바보는 아니야. 그건 확실해.

프로그램이 끝나고 흥겨운 댄스음악이 흐를 때에야, D가 오래 고심한 것처럼 말했다. 평온하던 조금 전과 달리 목소리가 살짝 떨려서 오히려 내 쪽이 계면쩍다.

–됐어. 바보라고 쳐.

나는 괜스레 투덜거렸다. 그가 일어나 빈 잔을 치우면서 열없이 웃었다. 잔뜩 곤두섰던 신경이 차차 흐무러졌다.

7

며칠 후, 전체 회의가 있어 멀리서나마 K를 볼 수 있었다. 그는 아무 일도 없었던 것 같다. 여전히 유쾌하고 활기차다. 지난 여섯 달 동안, 우리 사이에 지나갔던 환희와 기쁨, 조바심과 슬픔, 그리움과 불안. 어떤 기억의 단서도 그의 얼굴에는 없었다.

회의가 끝나고는 계약직 아홉 명 모두 인사발령을 통보 받았다. 본사에 잔류하게 된 것은 E 씨였다. 나는 계약 해지는 면했으나 강릉 지사로 파견되었다. 나머지는 경기도, 전라도로 파견되거나 계약해지 되었다.

–어쩜 좋아, 강릉 지사라니.

J가 황황히 달려와 위로인지 조롱인지 모를 목소리를 높였다.

–아유, 나 같으면 못 가. 이까짓 회사 그만두고 말지.

나는 얼굴을 넌지시 쳐들어 J를 보았다. 길고 치렁치렁한 파마머리를 늘어뜨리고 색조화장과 인조눈썹까지 붙인 치장이 아름답기보다 너저분하다. J에게서는 진한 향내가 퍼졌다. 상처가 곪아 문드러져 썩은 냄새보다 더 역하다. 부장의 또 다른 애인은 어쩌면 J일지도 모르겠다는 생각을 했다.

–떠나기 전에 송별회도 하고 팀장님한테 말씀드려서 부장님도 초대하자. 이럴 때 눈도장 한 번 찍어야지.

–준비할게 많아서요.

나는 딱 잘라 말하고 얼마되지 않는 짐을 챙겼다.

-그렇게 모나게 굴지 말어. 사람 사는 일이 다 사람으로 연결되는 거야.

J는 눈웃음까지 지으면서 어깨를 토닥였다.

강릉에서는 관사가 제공되기 때문에 간단하게 트렁크 두 개로 떠날 준비를 마쳤다. 집은 계약기간이 남아 있어서 당분간은 비워두기로 했다.

할머니와는 줄곧 지방 소도시의 주택에서 살았다. 다른 자식들은 뿔뿔이 흩어져 할머니에게도 가족은 나뿐이었다. 고등학교를 마치자마자 취업을 했다. 작은 중소기업의 사무직이었다. 월급봉투는 빈약했고 그나마도 들쑥날쑥했지만 할머니가 더 이상 일하지 않게 되어 기뻤다. 비 오는 날에는 자글자글 부침개를 부쳐 먹고 출출할 때는 멸치국수를 끓여 옆집까지 나눠먹었다. 회사에서 늦는 날엔 골목 끝까지 할머니가 나와 계셨고 밤에는 꼭 붙어서 잤다. 오래된 주택은 바퀴벌레와 쥐가 들끓었지만 그런 속에서도 고봉밥을 지어먹고 우리끼리는 즐거웠다. 할머니에게 나는, 나에게 할머니는 유일한 가족이고 친구였으며 세계의 전부였다.

어느 봄날, 회사 야유회에 갔다가 저녁 어스름에야 돌아왔다. 마당에는 할머니가 심은 팬지꽃, 패랭이꽃, 붓꽃까지 어둠 속에서도 화사한데, 집 안은 캄캄했다. 무서움이 와락 일었다.

할머니는 마루에 잠자듯 누워 있었다. 가까이 가보니 얼굴은 창백하고 손끝은 푸르렀다. 봄이라고는 하지만 써늘한 저녁이다. 찬 마룻바닥에서 얼마나 추웠을까, 이불을 따뜻하게 덮어드리고 오랫동안 앉아 있었다. 심장의 고동소리도 숨소리도 없이 우리 둘은 똑같이 죽어 있는 것 같았다.

장례가 끝나고 회사를 그만두었다. 마루에 오도카니 앉아 마당의 꽃들만 보고 있었다. 도저히 예전과 똑같이는 살 수 없었다. 잠시 주어졌던 평범한 삶은 이제 어디에도 없는 것이다. 얼마간의 사망보험금이 나왔다. 돈은 현실의 의무로부터 잠시나마 유예를 허락한다. 이사를 했고 대학에도 진학했다. 스물두 살 때의 일이다. 이 사회의 그럴듯한 구성원이 되기까지 그로부터도 많은 시간이 필요했다. 공부를 하고 아르바이트를 하고 시간과 빚에 쫓기면서 스물여덟의 나이를 먹었다. 누구라도 사랑하고 싶고 사랑받고 싶었던 건, 그런 지난한 길 위에서였을 것이다.

8

새벽, 달카닥거리는 주방의 인기척에 잠이 깼다. 냉장고를 여닫는 소리, 컵이 선반에 부딪히는 소리. 이번에는 조심스러운 발자국이 침실로 다가온다. 나도 모르게 이불을 꼭 쥐었다.

－자고 있었어?

K였다. 눅눅하게 들러붙어 있던 잠이 순식간에 달아났다. 그는 술에 취해 있었다. 달큼한 냄새가 온 방 안에 풍겼다.

－내일 간다면서, 연락도 없고 말이야.

캄캄한 방 안에서는 그의 표정을 읽을 수가 없다. 그렇지만 불을 켤 마음은 나지 않았다. 그가 천천히 걸어와 침대에 걸터앉았다.

－너 말이지, 오해를 좀 하고 있는 것 같아.

－오해랄 게 있나요?

내 목소리는 버석버석 마르고 낮게 갈라졌다. 현관의 비밀번호를 바꾸지 않은 것을 후회하고 있었다. 당당하게 이별 통보 한 번 하지 못한 것도 자책했다. 가장 어리석은 것은 그를 사랑한다고 믿은 일이다.

—그럴 만한 일이 있었어. 인사평가도 걸려 있고…… 부정청탁이니 요새 복잡하잖아. 오해 살 일은 피해야지. 이런저런 소문이야, 말하기 좋아하는 놈들 심심풀이고. 마음으로야 몇 번이나 너에게 왔어. 이해할 수 있잖아…… 응?

그렇게 딸을 달래듯 달콤한 목소리만 아니었다면 그를 용서했을지 모른다. 늘 어리석고 나약한 나였기에 또 한 번 바보 같은 짓을 하더라도 어쩔 수 없다. 하지만 내가 견딜 수 없었던 건, 이미 썩을 대로 썩은 가슴에 곰팡이 꽃조차 피지 못하게 하려는 그의 위선이었다. 때로는 아버지의 그악스러운 솔직함과 미움이 그의 거짓보다는 나았다.

K는 거듭되는 거절에도 침대에 오르려고 했다. 내 힘만으로는 밀쳐낼 수 없었기 때문에 곁에 있던 책으로 그의 머리를 후려쳤다. 그는 머리를 부여잡고 알 수 없는 말을 중얼거리다가 갑작스레 드러누웠다. 술이 그를 잠들게 한 것이다. 불을 켜보니 그의 정수리는 부풀어 오르고 하의는 벌거벗은 채였다.

카디건을 걸쳐 입고 지하주차장으로 내려갔다. 흰색 포르쉐, 718 박스터. 조명을 받아 더욱 눈부시게 빛난다. 그는 자신의 모든 것이 곧 내 것이나 다름없다고 했었다. 내게도 그 차의 지분은 있는 셈이다. 포르쉐를 타고서 아파트를 한 바퀴 돌았다. 승차감은 언제나처럼 부드럽고 강렬하다. 그가 몹시 아끼는 차였다. 나는 그대로 직진해서 아파트 담벼락을 들이박았다. 에어백이 낙하산처럼 크고 둥글게 부풀었다. 내려서 보니 앞 범퍼가 볼썽사납게 찌그러졌다. 블랙박스의 메모리카드를 빼서 개골창에 집어던져버렸다.

먼 하늘에 슬그머니 동이 터온다. 어릴 때나 지금이나 아침은 희고 차다. 바람이 없는데도 한 걸음 내딛을 때마다 귓가에 가을이 불었다. 곧 나무들은 낙엽을 털어 빈 몸이 될 것이고 하늘은 창백하게 높고 시릴 것이다. 할머니가 아끼던 살구색 털조끼가 이맘때쯤이면 서랍장에서 나왔다. 그러고 보니 할머니를 처음 만났던 때도 바로 이런 가을날이었다. 마음 한 구석이 콕콕 찌르듯 아프면서도 기뻤다. 살아가면서 또 많은 것을 잃게 되겠지만 그런대로 견뎌낼 수 있을 것이다.

까닭 없이 D의 얼굴이 떠올랐다. 나는 그가 그랬던 것처럼 입꼬리를 당기고 빙긋이 웃는 시늉을 해보았다.

괜찮습니다, 나는

1

지구상 마지막 남은 천국이라는 그 섬에, 한 번도 가보지 못했다.

갈 수 없었다는 편이 맞다. 아내는 유별나다 싶을 만큼 여행을 좋아했음에도 그곳만은 결코 가지 않으려고 했기 때문이다.

우리는 부부로서 삼 년을 함께 했다. 아내가 갑작스레 떠나지만 않았다면 삼십 년, 아니 오십 년은 족히 함께 하였을 것이다. 그러나 불행이란 늘 그렇듯이 흩뿌려진 작은 씨앗처럼 이미 우리 안에 시작되어 있었다. 우연과 우연이 만나 선택을 하고 그 선택이 또한 새로운 우연을 만들어 파국으로 치닫는다. 결혼을 하며 장만한 에스유브이 차량의 차체 결함에서 기인한 교통사고였다. 그 차를 택하지 않았다면, 결혼을 하지 않았다면, 나를 만나지 않았다면…… 아내는 여전히 더운 숨을 내쉬며 나른한 기지개를 켤지 모른다.

사람은 떠나고 후회와 미련은 남는다. 서둘러 신혼집을 정리했다. 도저히 아내의 체취가 남아 있는 공간에 머물 수 없었다. 이삿짐을 싸면서, 사고가 나기 전 아내가 잃어버렸던 반지를 찾았다. 생일 기념으로 자신이 골라서 내게 사달라고 했던 것이다. 얇은 십사 케이 링 위에 자그만 큐빅들이 하나, 둘, 셋…… 총 여덟 개가 박혀 있다. 아내는 다이아가 박힌 예물반지보다도 그 반지를 좋아했다. 모든 이삿짐이 빠져나가고 몇 줌의 먼지와 기억만 남은 텅 빈 집 안에서, 나는 자그만 반지를 붙들고 울었다. 겨우 스물다섯, 미처 인생의 꽃도 피우지 못한 내 아내였다.

아내는 키가 작고 얼굴이 까무잡잡했으며 이국적인 눈매를 가지고 있었다. 나는 아내에게 첫눈에 반했다. 아내가 스물둘, 백화점의 한 시계 매장에서 일할 때였다. 내가 그곳에 방문했을 때, 아내는 풀어진 머리를 다시 묶고 있었다. 입에 고무줄을 물고 두 손으로 머리를 한데 모은 후 재빠르게 칭칭 감아 보기 좋은 포니테일을 만들었다. 검고 윤기 나는 머리칼이었다. 나는 시계를 고르면서 헤어스타일을 칭찬했다. 아내가 눈을 동그랗게 뜬 채 나를 천천히 훑어보았다.

정말 이상한 사람인줄 알았지. 오지랖이 넓거나 변태이거나, 둘 중 하나.

나중에서야 아내는 말했다. 나는 어느 쪽도 아니다. 다만 사랑에 빠진 남자였다. 말단 세무공무원이었던 나는 주로 세금 부과 업무를 했다. 어려운 일은 아니었지만 숫자에 있어서만큼은 예민한 감각이 필요한 일이었다. 숫자는 퍼즐조각 같은 것이다. 숫자와 숫자가 만나서 다른 숫자를 조합해낸다. 작은 조각이라도 틀어지면 나머지도 우수수 무너지고 만다. 그런 일이 나는 좋았다. 시계를 모으는 것도 비슷한 취미였다. 조금의 빈틈도 없는 일 분 일 초가 우주를 움직인다고 생각했다. 아내는 째깍째깍 기도하는 시계를 자그만 포장용 쿠션에 채우고, 하얀 상자에 담아 정성스럽게 포장을 했다. 한 치의 오차도 없는 단정한 손길이었다. 손은 자그마하고 손톱은 잘 정리된 채 반짝거렸다. 내게 몇 개의 리본 샘플을 내밀었을 때, 나는 이미 아내가 내 사람이 되기를 소망하고 있었다.

떠난 사람은 말이 없다. 이유를 설명하지도 않는다. 그 사실을 담담하게 받아들이려 애썼다. 숫자를 맞추고 고지서를 뽑고 민원을 받거나 해결했다. 새로 이사한 방 두 개짜리 자그만 빌라에는 고흐의 〈생트 마리 바다 위의 보트〉를 걸었고, 식사는 되도록 밖에서 먹어 식기나 음식물이 쌓이지 않도록 했다. 욕실에는 라벤더향 디퓨저를 놓았고 침대에는 호텔에서나 쓰는 하얀 침대보를 깔았다. 그런 일에 나는 아주 능숙했다. 결혼 전 혼자서 십여 년을 자취했고 결혼 후에도 집안 살림은 내가 도맡는 편이었다. 한 치의 흐트러짐 없는 청소란 내 취향과도 잘 맞는 취미였다. 아내는 나와는 전혀 달리, 좋게 말하면 자유분방하고 나쁘게 말하면 게으른 타입이었다. 입에 토스트를 문 채 구두를 끼워 넣고 차 키를 찾느라 뒤적이다 주머니 것들을 쏟아놓는 식이다. 첫날의 단정하고 청결한 느낌은 일터에서만 유지되는 극히 일부분의 것이었다. 그렇다고 지저분하다거나 꼴불견이라는 뜻은 아니다. 아내는 자신의 기분에 충실했고 귀찮은 일을 조금 마다할 뿐이었다. 나는 기꺼이 그런 아내의 충실한 하인이 되기를 원했다.

이제 여왕은 떠나고 고집스러운 일상만 남았다. 매일 비슷한 시간에 일어나 샤워를 하고 토스트나 과일을 먹었다. 커피 대신 우유를 마실 때는 아내의 은근히 비웃는 눈빛이 떠올라 피식 웃기도 한다. 식탁 곁에 걸린 〈생트 마리 바다 위의 보트〉는 아침마다 철썩철썩 파도소리를 내며 흔들렸다. 아내가 좋아하는 그림이다. 고흐의 것이라면 덮어놓고 좋아하는 아내였지만, 이 그림에 대해서만은 남달랐다. 길게 그어진 수평선 위로부터 점점이 다가오는 요트들. 파도는 연푸른빛에서 청록색까지 다양하게 빛나고 하늘도 꼭 같은 빛으로 흩어진다. 아내는 식사를 하다가도 종종 그림을 응시했다. 내가 짐작할 수 없는 많은 이야기들이 그 눈 속에 일렁이는 것을 여러 번 보았다.

여러 곳의 바다로 아내를 이끌었다. 어느 바다에선가 아내의 이야기를 들려주기를, 속내를 읽을 수 있기를 희망했다. 하지만 언제나 아내의 입은 굳게 닫혀 있었고 차가운 단호함으로 과거를 외면했다. 상처를 마주할 자신이 없는 것이다. 나는 얼마든지 기다릴 수 있었다. 십 년, 이십 년, 죽음을 목전에 둔 노파일지라도, 아내의 깊은 상처가 치유되기만 한다면.

결국 바다에 대해서는 한마디도 듣지 못한 채 아내를 떠나보냈다.

2

어느 날 상사가 엄숙한 얼굴로 호출했다.

자네, 정말 괜찮겠나?

앞뒤 없는 질문이었기 때문에 어리둥절했다. 내 업무를 바꾸려는 것인지, 다른 부서로 퇴출하려는 것인지, 혹은 귀찮은 출장을 맡기려는 것인지, 그는 애매모호한 눈으로 나를 올려다보았다.

다들 걱정하고 있어.

그제야 나는 주위를 돌아보았다. 아내가 떠난 후, 장례를 위한 특별휴가를 보내고 업무에 복귀했다. 세금 부과 기간이었던 터라 다들 몹시 바빴다. 나 역시 맡은 업무를 처리하고 팀의 공통된 일거리를 해결하느라 야근도 하고 휴일 근무도 했다. 점심은 구내식당에서 동료들과 먹고 가끔 밖에 나가 함께 담배를 피웠다. 특별한 질문이나 위로를 주고받지는 않았다. 그들 나름대로 나를 위한 배려라고 생각했다. 일상 속에 담담히 들어올 때에야 고통을 피할 수 있다고 믿은 것이다. 그러나 정작 내가 그들에 대한 배려가 없었다는 것을, 힐끔거리는 사람들의 시선을 보고서야 깨달았다. 그들은 내가 적당히 슬퍼하기를 바랐다. 때론 내가 넋두리를 하거나 술을 사 달라고 조르기를 바랐다. 그래야만 그들도 적절한 위로를 건네고 함께 울어줄 수 있었다. 참아왔던 이성의 냉정함이 흔들리는 기분이었다.

저는…….

말문이 막혔다. 검은 얼굴에 짙은 눈썹을 가진 상사는 이마의 주름을 잔뜩 세우면서 찬찬히 나를 보았다.

이럴 때…… 별다르게 대해야 한다고 생각하진 않아. 하지만 자네는 너무 많은 일을 하고 있어. 말도 한 마디 안 하고 일만 하잖아. 곧 여름도 되고 하니 휴가라도 내면 어떻겠어?

나는 자신 없이 웅얼거렸다.

제가 무슨 실수라도 했나요?

그는 고개를 저으며 다시 한 번 심각하게 나를 올려다보았다.

난 걱정하는 거야. 장례를 치르고 나서 자네가 사람들과 눈

한번 마주치지 않았다는 걸 알고 있어?

일주일의 휴가를 얻게 되었다. 회사를 쉴 수 있다는 것은 기쁜 일이다. 무엇이든 할 수 있다. 늦잠을 잘 수도, 동네를 어슬렁거릴 수도, 조조할인의 영화를 볼 수도 있다. 내키기만 하다면 여행을 갈 수도 있고 미뤄둔 대청소, 혹은 고장 난 노트북의 수리 따위를 맡길 수도 있으리라.

그러나 내게 있어 그것은 비극과 마주앉아 통곡할 틈을 줄 뿐이었다. 휴가 첫날은 하루 종일 침대에 누워 있었다. 씻기도 귀찮고 식욕도 사라져버렸다. 평소 거들떠보지도 않던 텔레비전을 켜놓고 멍하니 앉아 있기도 했다. 그렇게 해도 시간은 오후 다섯 시를 넘기지 못한다. 질질 끌다 못해 온갖 자질구레한 이야기를 다 갖다 붙이는 막장드라마도 이보다는 지루하지 않으리라. 아마도 나는 슬프기보다 지루하기를 택한 것일 테지만, 어느 쪽이든 견디기는 힘들었다. 내가 할 수 있는, 하고 싶은 일이라고는 아내를 생각하지 않는 일뿐이었다.

간혹 사람들로부터 문자가 날아왔다.

괜찮아?

나는 여전히 머뭇거리며 답을 찾지 못한다. 괜찮지 않아. 아니, 괜찮아? 골똘히 생각하다가 결국 핸드폰을 덮었다. 하얀 종이를 펼친다. 잘 깎은 연필 한 자루도 꺼낸다. 아내는 의미 없는 단어 쓰기를 즐겼다. 나중에 읽어보면, 새마을, 아하하, 마이너스, 평방미터, 고구마, 따위의 조금도 연결성이 없는 단어들이 동글동글 귀여운 글씨체로 적혀 있었다.

새마을기차를 타고 아하하 웃으며 여행을 갔다가 마이너스 통장을 안고 돌아와 집의 평방미터를 줄이고 고구마로 연명한다?

내가 아무렇게나 갖다 붙이면 아내는 배꼽이 빠져라 웃다가 눈물을 흘리기도 했다. 그까짓 시시껄렁한 농담이 뭐라고.

너, 바다, 천국…….

세 단어를 쓰고 나서 차마 더는 쓰지 못한다. 나는 아내와 바다에 가고 싶었다. 흔하디흔한 그런 바다가 아니라, 아내의 어머니가 있는 그 바다에 가고 싶었다.

아내의 고향은 필리핀이었다.

3

필리핀항공사의 비행기에 탑승했다. 기왕이면 그 나라 식대로, 그 나라 사람처럼 지내보고 싶었다. 아내에게 필리핀은 생의 반쪽이었고 내게도 부정할 수 없는 부분임에 틀림없다. 붉게 물들어가는 인천의 저녁을 떠나 아내의 고향으로 향한다. 캄캄한 밤중에나 도착할 것이다. 아내와 닮은 듯 닮지 않은 승무원들이 싱그럽게 웃으며 주위를 맴돌고 있었다.

그들은 혼혈인 아내를 '코피노'라고 불렀다. 한국인이 많이 찾는다는 보라카이 섬이 아내의 고향이었다. 그녀의 어머니는 관광객들을 대상으로 하는 스파에서 일했고 아버지는 긴 여름휴가를 얻어 여행을 왔다. 둘은 우연히 데이트를 즐기다 은근슬쩍 연인이 된다. 그가 과연 진심으로 어머니를 사랑했는지는 알 수 없다. 사랑이란 믿으면 그것이 사랑이었고 믿지 않으면 아무런 의미도 없는 허언일 뿐이다. 썰물처럼 빠져나간 관광객들과 같이, 그 역시 저무는 여름 끝에 섬을 떠났다. 다시 오겠다는 말조차 남기지 않았다. 그래도 어머니의 사랑은 끝나지 않아 뱃속에서는 꽃 같은 생명이 자랐다.

이듬 해 태어난 딸에게 조이라는 이름을 주었다. 눈물만 흘리기에 보라카이의 태양은 너무나 뜨거웠고 한 품 그득한 바다는 푸르게 일렁였다. 어머니는 다시 일을 시작했고 자주 집에 들러 갓난이에게 젖을 물렸다. 그렇게 내 아내 한조이가 지구라는 별에 내려앉았다. 나로서는 이십오 년 구천백이십오 일, 이십일만 구천 시간을 되돌려 그때의 어머니 발끝에 감사의 키스라도 하고 싶은 심정이다. 아내가 없었다면 내 지난 삼 년은 물론, 앞으로 남은 생을 전혀 다른 이로 살았을 테니까. 이별이 고통스러울지언정 나는 사랑이 지나간 인생의 깊이를 믿는다.

아내가 세 살 무렵 그녀의 아버지가 다시 보라카이를 찾았다. 옛 애인의 근황이 궁금했던 그에게 딸의 출현은 놀라우면서도 일견 감격스러웠던 모양이다. 곧 청혼을 했고, 몇 달 뒤에는 모두를 한국으로 데려왔다. 아내가 처음 한국으로 건너오기까지의 이야기다.

그 후의 일에 대해서는 듣지 못했다. 그녀의 어머니가 다시 필리핀으로 건너갔는지 아내는 한국과 필리핀을 오가며 자랐다. 그러나 날 만나기 몇 해 전부터는 필리핀으로의 발길을 일절 끊어버렸다. 인간의 호기심은 무엇으로도 막을 수 없는 법인데, 아내의 지난 삶이 궁금하지 않을 리 없다. 그러나 내 청이라면 무엇이든 너그러이 응하던 아내가 고향이나 가족에 대한 이야기만큼은 입을 꾹 다물었다.

당신은 나와 결혼했잖아. 나 말고 뭘 더 알고 싶은 거야? 그들은 그들일 뿐이야.

조이라 불리던 내 아내는 이름까지 '조희'로 고치고 완벽한 한국인이 되려고 했다. 그러한 노력들이 아버지에 대한 반감 때문인지 혹은 동경 때문인지 알 수 없었다. 우리의 결혼식에 참석한 아내의 친족은 고모 한 분뿐이었다. 어린 시절 잠시 아내를 키워주셨다는데, 만난 것은 거의 십 년 만이었다. 몸집이 크고 눈물이 많던 그분은 아내를 덥석 안아준 후, 가족사진을 찍기 전에 식장을 떠났다. 부모님도 형제도 없이 치른 결혼식이기에 아내는 몹시 외로워보였다.

난 괜찮아. 당신이 있잖아. 이젠 당신이 내 가족인 걸.

아내가 말하며 웃었다. 내가 엿보는 외로움은 억측일지 모른다. 한 번도 쓸쓸함의 정황이나 증거를 잡은 적이 없다. 그래도 나는 결심했다. 반드시 아내의 가족을 되찾아 주리라고.

어둠이 내려앉은 깔리보 공항은 작고 초라했다. 이곳에서 혼자라는 것은 한국에서보다 도드라진다. 여권 하나, 트렁크 하나, 누구도 동행하지 않는 낯선 길. 생경한 언어는 미궁으로 빠지고 혼자라는 사실은 가로등 불처럼 선명하다.

억지로라도 아내를 끌고 왔더라면 좋았을 것이다. 절대로 가지 않겠다고 떼를 부리고 비행기 표를 찢으며 싸우게 되더라도 끝끝내 이곳에 아내를 데리고 왔더라면…… 이 시골버스 터미널 같은 작은 공항에서 트라이시클을 기다리다 결국엔 나를 제 집으로 이끌고 말았으리라. 설사 집을 찾지 않더라도 이곳의 눅눅한 바람과 질박한 흙내음을 맡는다면, 늘 무언가를 찾아 헤매듯 서늘하던 아내의 마음이 조금은 따뜻해지지 않았을까.

그렇지, 응? 나는 곁에 아내가 있는 것처럼 중얼거리며 가까운 호텔을 찾았다. 섬으로 들어가는 배를 타기에는 너무 늦은 시간이다. 오십 달러짜리 자그만 호텔방은 구식 에어컨디셔너가 탈탈거리며 돌아가고 낡은 침대는 움직일 때마다 삐거덕거렸다. 간신히 세수만 한 후 침대에 눕는다. 형광등은 몸을 떨며 새하얗게 빛나고 누런 빛깔의 커튼은 먼지가 잔뜩 내려앉았다. 아내를 생각지 않으려 애쓰며, 아내만 생각한 채로 잠이 든다.

적어도 나는 지금 아내의 삶 한 중심에 들어와 있다.

4

다른 여행자 사이에 끼어 트라이시클과 배를 갈아타며 보라카이 섬으로 간다.

두어 시간의 짧은 길이었다. 사람들은 저마다의 흥분 속에 상기되어 재잘거리다 가끔은 짜증을 부리거나 투덜대기도 한다. 내 작은 트렁크는 그들 엉덩이 밑에 깔렸고 닳아빠진 바퀴는 자갈길을 덜컹거리며 달렸다. 머릿속은 아무런 문장도 없이 텅 빈 듯했다. 옆 자리에 앉은 여자의 머리카락이 바람에 휘날려 간간히 내 볼에 달라붙었다.

박하사탕 같았다. 보라카이의 첫 인상이 그랬다. 푸르다 못해 백색으로 빛나는 하늘과 기다랗게 이어진 해변, 거대한 생명체의 품처럼 모든 것을 감싸 안는 바다. 밀집한 상가나 건물, 리조트 같은 건 크게 문제되지 않았다. 내게 다가온 것은 사람의 손길로 이루어진 모습이 아니라 태초에 솟아난 섬 그대로의 민낯이었다. 따가운 햇살은 온 세상을 뒤 덮은 채 고요하고, 파도는 한없이 잔잔하여 아무런 근심도 없어 보였다.

호텔에 못미처 트라이시클에서 내렸다. 그가 아유 오케이? 하고 물었지만, 나는 백 페소를 내밀고 손을 흔들었다. 가뜩이나 관광객 같은 신세에 호텔로 직행하고 싶지는 않다. 얼마쯤은 걷는다. 상가가 밀집한 곳을 벗어났기 때문에 사방은 적요하고 먼 바다에서 들려오는 관광객들의 환호나 지절대는 새소리뿐이다. 호텔로 이어진 길에는 모래가 잔뜩 올라 앉아 트렁크 바퀴는 가끔 미끌거리며 헛돌았다. 태양은 정수리를 태울 듯이 내리쬐고 바람도 멈추었다. 나는 잠시 주저앉았다. 급할 이유는 없다. 흐르는 땀을 닦고 샌들 안으로 들어온 모래도 털었다. 바다 끝 수평선으로 기묘한 형태의 구름들이 흘러간다. 동물의 형상을 했다가 알파벳 모양이 되기도 하고 끝내는 물결처럼 멀리 흩어진다. 멋지지 않아? 하고 싶은데 혼자서는 입속의 말이 피어나지 않는다.

머나먼 이국의 섬에서 내가 찾고자 한 것은 무엇일까. 닿지 못한 아내의 흔적? 혈족? 어쩌면 미련스러운 집착이거나 궁상맞은 추모를 위한 서글픈 발상인지도 모르겠다. 그들을 만난다면, 혹은 아내의 흔적을 찾는다면, 가슴을 꽉 틀어막은 이 깊은 회한을 털어낼 수 있을까…… 나는 여전히 자신이 없었고 홀로 살아갈 날들을 상상할 수 없었다.

'조이' 라는 이름을 듣고 그는 흠칫 놀랐다. 이틀간 아내의 연고를 찾는데 실패한 터라 큰 기대 없이 물어본 것이다. 키가 훤칠하고 살결이 구릿빛으로 보기 좋게 그을린 청년은 세일링보트 호객꾼이었다. 거리의 마사지 숍을 두루 돌며 조이의 어머니를 수소문해보았으나 아는 이가 없었다. 밥을 먹으러 간 식당에도, 아이스크림 판매원에게도, 잡화점의 할머니에게도 조이에 대해 물었다. 조이는 내 아내다. 조이의 어머니는 이곳의 마사지사였다. 혹시 그들을 알고 있느냐. 나는 아내의 어머니, 혹은 가족을 찾고 있다…… 이 청년에게도 똑같이 설명을 덧붙였다. 그는 나를 못 미더운 듯 훑어보다가 팔로우 미, 한다. 두 유 노우 허? 황급히 그를 쫓으며 헐떡이듯 물었다. 아이 노우 허 브라더. 그가 번잡한 길을 빠르게 걸어 올라가 몇 개의 가게를 지나친 후 담벼락 사이의 좁은 길로 들어섰다. 자꾸만 슬리퍼가 벗겨져 뒤꿈치가 돌부리에 찍혔다. 지체할 여유가 없었다. 그를 놓치면 영영 조이를 찾을 수 없다.

우리는 밀집한 건물의 뒤를 돌아 한산한 거리로 빠져나왔다. 그를 따라잡아 간신히 불러 세웠을 때, 그의 등 뒤로 자그만 아이가 나타났다. 동그란 얼굴에 옅은 눈썹, 밝은 피부색, 몽골리안 특유의 찢어진 눈매. 남색의 민소매 셔츠와 반바지를 입은 아이는 한국 사람 같았다. 그런데도 아이는 청년에게 자연스레 따갈로그어를 건넨다. 청년이 몇 마디 대꾸하더니 나를 손가락으로 가리켰다. 네가 물어봐. 청년은 한국말로 말했다. 그리곤 눈길 한번 주지 않고 온 길을 되짚어 가버린다.

누구세요? 아이는 고개를 바짝 들고선 까만 눈을 깜빡였다. 열 살 남짓한 어린 소녀이다. 한국인이니? 아니요. 도리질하는 아이의 검은 머리칼이 살랑 흔들린다. 한국인이 아니라면서 한국말을 하는 아이. 보라카이에서 계속 반복해온 질문을 아이에게 쏟아낸다. 조이를 아니? 조이의 가족에 대해 아니? 넌 누구니?

5

처음 만난 장모는 입을 꽉 다문 채 말이 없다. 조그만 청색 간판에 백묵으로 마사지massage라고 적어 넣은 아담한 가게였다. 하얀 외벽의 빨랫줄엔 수건 여러 개가 햇볕 아래 말라가고, 문 앞에 놓인 낮은 의자엔 몇몇의 동료들이 앉아 있다. 휴식시간이거나 손님을 기다리는 중일 것이다. 장모는 전형적인 필리핀인으로 검은 살결에 깊은 두 눈, 둥근 콧방울을 지녔고, 키는 조이만큼이나 작았다. 조이는 아버지 쪽 혈통을 많이 받아 어머니와 닮았다고 할 수는 없었다. 내 어머니와 단둘이 있어도 멋쩍은 성격에, 난생처음 만나는 장모와의 만남은 더욱 어렵다. 그쪽에 내리쬐는 햇살과 내게 떨어지는 그림자가 전혀 다른 차원의 일처럼 느껴졌다. 낯설게 흘겨보는 눈빛과 희미하게 맴도는 경계심.

우리 엄마예요. 여긴 엄마 가게구요. 집은 뒤쪽에 있어요.

나를 안내해 간 조이의 동생 호세는 제 엄마의 반응은 개의치 않고 떠들었다.

아저씨를 뭐라고 불러야 하죠? 형부? 아니 매형? 책에 나오는 데 잊어버렸어요.

장모는 어린 아들의 티 없는 싹싹함을 측은한 듯 바라보았다.

매형이 맞아. 넌 조이를 많이 닮았구나.

확실히 조이는 엄마보다는 동생과 닮았다. 하지만 동생이 있다는 말은 금시초문이었다. 처음 호세를 만났을 때, 실낱같은 불안이 솟았던 것이 사실이다. 하지만 열 살이나 된 아이를 의심하기엔 아내의 삶이 너무 짧았다.

안 닮았어요. 파파가 다른데.

아이는 거리낌 없이 말을 하고선, 그치? 하는 눈으로 제 엄마를 바라본다. 장모는 지친 얼굴로 고개를 흔들었다.

넌 말이 너무 많아. 이리 와.

자리에서 벌떡 일어난 장모가 성큼성큼 가게로 들어선다. 망설이는 나를 호세가 잡아당겼다. 장모도 힐끗 돌아본다.

들어와요.

호세를 따라 가게로 들어섰다. 작은 로비가 있고 옆에 두세 개의 방이 이어져 있다. 가구나 시설은 낡았지만 깨끗하게 관리하고 있는 느낌이었다.

엄마 가게 일등이에요. 조금 작아도.

호세가 히죽 웃으며 엄지를 치켜세웠다.

집은 가게 건물 뒤로 이어져 있다. 벽돌을 사다가 직접 쌓은 듯하다. 조금은 누추하고 한편으론 아담하다. 거실은 한국식으로 장판을 깔았고 신발을 벗고 들어가야 했다. 종일 그늘에 묵은 서늘한 냄새가 떠돈다. 한국산 텔레비전, 모자간의 단출한 가족사진도 눈에 띄었다. 장모가 소파에 앉기를 권했다.

난 에리카라고 불러줘요. 한국에서는 다른 말로 부르는데, 난 그런 거 싫어.

호세가 냉큼 에리카, 라고 부르며 키득거렸다.

최운정이라고 합니다.

운정? 편리하게 정이라고 부를게요. 그럼…….

에리카는 차마 입이 떨어지지 않는 듯 내 눈치를 살피며 큰 두 눈을 굴렸다.

여긴 무슨 일이죠?

용건을 묻는 말이라기보다는 닥쳐올 불행에 대한 두려움으로 느껴졌다. 갑작스러운 나의 방문이 결코 희소식이 될 리 없다는 것을, 오랜 삶의 경험으로 알고 있을지 모른다. 나는 부고를 알려야 한다는 사실에 중압감을 느꼈다. 인연을 끊고 살아간다면 그리움은 있을지언정 슬픔은 없다.

조이에게 사고가 있었어요. 갑작스러운 일이었고…… 연락을 드릴 방법도 없었습니다.

돌아갈 길이 보이지 않으면 맞닥뜨리는 편이 낫다고 생각했다. 등뼈처럼 박혀 있을 그리움과 원망 또한 잔인한 일이었을 테니.

먼저 눈물을 터트린 건 호세였다. 아이는 제 엄마 품에 안겨서 울다가 내 무릎에 얼굴을 파묻고 울었다. 에리카는 붉은 눈으로 손톱을 뜯으며 몇 번이나 나를 노려보았고, 애원하듯이 고개를 흔들었다가 다시 얼굴을 감싸고 주저앉아 몸을 떨었다. 나는 참담한 슬픔 앞에 죄인이 될 뿐, 위로할 말을 찾을 수 없었다.

누구도 내 앞에서 한껏 울지 못했다. 사실상 울어줄 사람도 없었다. 우리 부모님은 몇 번이나 땅을 쳤지만, 홀로 남은 아들을 위한 눈물이지 아내를 위한 것은 아니었다. 친구들은 내 어깨를 두드리며 술잔을 기울여주었으나 떠난 아내를 잘 알지 못했다. 아내는 학창시절 한국과 필리핀을 오가느라 깊은 친구를 사귀지 못했다. 제대로 된 학력이 없어 직장도 여러 번 옮겨 다녔다. 혼혈임이 크게 드러나지는 않았으나 늘 의심의 눈초리를 받았고, 자신을 들키지 않기 위해서라도 사람을 가까이 하지 않았다. 아무도 내 슬픔을 알 수가 없던 이유다.

두 사람의 지극한 슬픔에 오히려 안도했다. 조이를 나만큼, 나보다 사랑해준 이들이 있다. 홀로 남은 참혹한 지옥에서 뼛속까지 녹아내리려는 찰나, 구원된 것이나 마찬가지였다.

6

호세의 집을 드나드는 사이, 많은 것을 알게 되었다.

에리카가 어린 조이를 데리고 한국에 왔을 때, 가장 견딜 수 없던 건 삭막한 도시였다. 남편이 출근하고 나면 하루 종일 집 안에 갇혔다. 견디다 못해 밖으로 나가면 거대하게 들어선 아파트들만이 우뚝 솟아 있다. 아무리 걸어도 다른 풍경은 보이지 않았고 계속해서 새로운 아파트가 나타났다. 바다를 지척에 두고 살아온 에리카에게 그곳은 사람이 살 곳이 아니었다. 에스에프영화 속 암담한 미래도시와 조금도 다르지 않았다. 무엇보다 견딜 수 없었던 것은 화살처럼 날아드는 사람들의 시선이다. 에리카의 얼굴, 아이의 얼굴, 다시 에리카의 얼굴…… 말 같은 건

통하지 않아도 좋았다. 외로운 것도 견딜 수 있었다. 하지만 유빙조각처럼 차가운 그 시선만큼은 이겨낼 수 없었다. 에리카는 시름시름 앓기 시작했고, 조이는 고모에게 맡겨졌다. 지리한 갈등과 싸움 끝에 홀로 고향에 돌아왔다. 아이를 떠날 때 에리카의 가슴은 갈가리 찢겼다. 그래도 남을 수는 없었다. 한시도 이 태양과 바다를 떠나서는 살 수 없는 에리카였다. 조이는 삶의 반을 잃은 채 자라날 수밖에 없었다.

조이가 열두 살이 되던 해부터 방학이 되면 보라카이를 찾았다. 아이는 완벽히 고향을 잊었지만 엄마에 대한 그리움만은 잊히지 않아서 세월의 공백을 메울 수 있었다. 모든 것에 균형이 맞추어지는 듯했다. 학교에 적응이 어렵던 조이가 다시 마음을 붙였고 아버지는 방학마다 비행기 티켓을 마련해주었다. 그런 딸을 기다리는 에리카 역시 다시 피어난 꽃처럼 삶의 향기와 기쁨을 만끽했다. 조이는 한국과 필리핀 두 나라를 좋아했고 더 이상 부모를 원망치 않았다. 그러나 그들의 활력과 생기는 점차 묘하게 흘러갔다.

아버지가 먼저 재혼했다. 에리카 또한 보라카이에서 여행업을 하고 있는 한국인 남자와 사랑에 빠졌다. 한국으로 돌아온 조이는 새어머니의 존재를 받아들여야 했고, 보라카이에서는 새아버지에게 익숙해져야 했다. 자연히 동생들이 생겨났다. 새어머니와 함께 온 두 아이는 조이와 형제임을 거부했다. 가정의 분위기는 안주인에게 돌아가기 마련이라, 아버지는 그런 면에서는 무능했다. 조이는 자상한 새아버지와 귀여운 동생이 있는 보라카이에 머물기를 원했다. 한국의 생활과 아버지와의 관계, 모든 것을 끊었다. 차라리 모두에게 편리한 선택이었다. 적어도 그때는 그렇게 믿었다.

조이는 이곳이야말로 자신이 있을 곳임을 알았다. 한국에서는 불리하던 이국적 외모가 이곳에선 도리어 신비로운 동양적 외모로 받아들여졌다. 새아버지의 일을 도와 가이드를 맡았고 처지가 비슷한 코피노 친구들도 사귀었다. 변화무쌍한 아열대의 기후처럼 날로 달라지는 자연의 아름다움에도 완전히 매료되었다. 오후에는 매일 바다에서 수영을 했다. 모래를 제대로 털지 않아 어머니에게 혼이 나기도 하고 친구들과 어울려 밤마실을 다니기도 했다.

모든 것이 좋았지. 조이는 태양 같았어. 환하게 빛났어. 우리 모두 그 아이를 사랑했어.

에리카는 그때를 떠올리며 말했다. 한 손에는 망고 칵테일을 들고 다른 손으로는 호세의 머리를 쓰다듬었다. 두 눈에 눈물이 그렁그렁했다. 낮에는 주로 호세와 어울리고, 저녁에는 함께 디몰로 나가 저녁을 먹고 칵테일이나 산미구엘 맥주를 마셨다. 슬픔이 파도처럼 밀려올 때는 셋 다 아무런 말도 하지 않았다. 어둠의 융단이 내리 깔린 바다나 흥겹게 즐기는 관광객들을 바라봤다. 각자의 슬픔에 잠겨 있는 시간은 오히려 평화로웠다. 가늠하거나 꾸밀 필요가 없었다.

그들에게 어느 날 손님이 찾아왔다. 노모와 딸들, 아이들로 이루어진 한국인 손님이었다. 여자들은 다짜고짜 에리카에게 화를 냈고 가슴을 밀쳤으며 분노에 차서 울부짖었다. 새아버지가 한국에 남겨둔 아내와 그 가족들이었다. 그는 많은 변명을 늘어놓았다. 이혼 처리가 안됐을 뿐 남남이라고 주장했다. 그들은 떠나지 않았다. 기어코 새아버지를 끌고 가려 했다. 아귀다툼이 벌어졌다. 에리카는 매일 울었고 때론 그들이 울었다.

조이는 모든 것에 염증을 느꼈다. 어머니의 반복되는 사랑의 실패에도 지쳐버렸다. 한국인이라는 사실이 못 견디게 싫었고, 더욱 싫은 것은 코피노라는 현실이었다. 열 아홉의 조이는 보라카이를 떠난 후로 다시는 돌아오지 않았다. 수년 만에 돌아온 것이, 바로 나였다.

조이는 몰랐겠지? 이렇게 이름과 기억으로만 돌아오리란 걸.

에리카가 어깨를 들썩이며 울었다. 호세는 이제 울지 않았다. 제 엄마를 의젓하게 다독이며 어깨나 무릎을 빌려주었다. 나는 에리카를 위해 칵테일을 한 잔 더 주문했다. 무엇으로도 슬픔을 위로할 순 없다. 찬란한 빛을 삼킨 검은 밤을 올려다보며, 어느 별에서든 아내가 편히 쉬고 있기를 바랄 뿐이다. 내게 섬에서의 시간은 진정한 아내의 장례식과 같았다. 함께 기억하며 웃었고 그리워했다. 그토록 낯설던 두 사람이, 어느새가 가장 가까운 친구가 되어 있었다.

7

한국은 어떤 곳이에요?

호세는 늘 한국에 대해 물었다. 누나에 대해서보다 더 궁금해했다.

가보고 싶니?

당연하죠. 아빠는 늘 한국 이야기를 해줬어요. 서울이 얼마나 큰 지, 얼마나 부자인지요.

함께 바다에 뛰어들거나 백사장에 누워 있거나 해먹에 올라타 있을 때, 호세는 쉴 새 없이 떠들었다. 태양은 삶의 시간이다. 누나의 죽음만을 떠올릴 수는 없었다.

좀 더 크면 꼭 데리고 가겠다고 했어요. 함께 놀이공원도 가고 축구장도 가자고요.

아이는 바다 깊은 곳까지 들어갔다가 한참 만에 다시 나왔다.

이젠 아빠는 떠나버렸어요. 치, 혼자서.

소금기 어린 얼굴에서 미소가 사라졌다. 그래도 곧 다시 웃었다.

상관없어요. 엄마가 있으니까. 그리고 매형도 있잖아요.

아이는 팔짝팔짝 뛰어다니다 풍덩 빠지기도 하고 드러누워 깔깔거리기도 한다. 아이와 함께하는 보라카이의 낮은 한 점의 티끌도 없다. 휴가가 끝나갈수록, 나는 이별의 순간을 두려워했다.

처음 나를 호세에게로 안내한 청년은 조이의 친구인 리안이다. 코피노인데다 쭉 한국인 사장과 일하고 있기 때문에 한국말을 호세보다 잘했다. 가끔 만나게 될 때, 그는 호세의 앞날을 걱정했다.

여기선 기회가 없어요. 나처럼 호객꾼이 될 뿐이죠. 에리카 아주머니에게 무슨 일이 생기면…… 그 아인 혼자예요. 가족이 없다는 건 슬픈 일이거든요.

리안은 부모를 모두 잃었다. 열다섯이 되기 전의 일이다. 조이가 스스로 가족을 떠난 것을 지금도 이해할 수 없다고 했다.

하지만 천국에 있는 그 아이를 더 이상 괴롭히고 싶진 않아요. 조이는 착한 아이였어요.

나는 리안의 어깨를 가볍게 두드렸다.

네 맘을 알거야.

이곳에…… 또 올 건가요?

끝으로 그가 물었을 때, 쉽게 대답하지 못했다. 나는 이곳을 어떤 의미로 찾았던가? 마지막의 인연 정도로 생각하지 않았을까…… 우리에게로 파도가 밀려왔다가 사라지고 다시 또 밀려온다. 그는 대답을 듣지 못하고 일터로 떠났다. 모래를 쌓던 호세가 망아지처럼 뛰어온다.

매형, 수영하러 가요.

아이가 달콤한 웃음을 흘리며 내 손을 잡아끌었다.

해가 지고 있는데.

기다랗게 이어진 수평선 너머의 붉은 노을을 가리키며 말했다. 호세의 얼굴이 더욱 빛난다.

그러니까 바다에서 태양을 기다려야죠.

어느새 바다로 뛰어든 아이가 어서 오라고 몇 번이나 손짓했다.

섬을 떠나기 전날 밤, 에리카는 가게 불을 켰다. 내가 머무는 동안 저녁 장사를 안 했기에 뜻밖이었다.

오늘 손님, 한 명.

에리카가 웃으며 말했다. 하얗고 깨끗한 면직물을 반듯하게 깔고, 검고 부드러운 돌을 따뜻하게 데운다. 물에 적신 수건을 가져와 내 손과 발을 닦아주고 마사지용 가운으로 갈아입으란다. 나는 극구 사양했지만, 에리카도 양보하지 않았다. 결국 에리카가 하는 대로 내버려 둘 수밖에 없었다. 조이처럼 작고 고운 손을 가진 에리카는 훌륭한 마사지사였다. 군데군데 응어리져 있던 근육을 하나하나 풀고 따뜻한 온기를 불어넣었다. 장모와 사위라는 한국식 난처함도 곧 사라졌다. 에리카가 전하는 것은 기술적인 재능이 아니라, 곳곳에 박힌 슬픔을 어르는 고집스러운 정성이었다. 그 손길이 내 마음속의 무언가를 조심스레 건드렸다. 웅크리고 앉아 눈을 감고 있던 그 덩어리는 조금씩 흔들리다가 슬그머니 눈물이 된다. 더 이상 울지 않으려 했다. 아내는 내가 우는 것을 몹시 싫어했다.

정말로 아픈 건 아프다고 말도 못하는 거야. 더구나 눈물은 흘릴 수도 없어.

그런 말을 태연하게 하던 아내는 얼마나 울고 싶었을까.

에리카가 마른 수건을 내어주며 말했다.

조이, 럭키걸이야. 사랑이 끝나지 않았잖아.

나는 멋쩍게 눈물을 닦았다.

나도 럭키걸이지. 멋진 사랑을 두 번이나 했거든. 그 선물도 얻었지.

에리카는 웃으며 내 등에 올려두었던 마사지용 돌들을 모두 거둬들였다.

다시 옷을 갈아입고 차 한 잔을 두고 마주 앉았다. 에리카는 피로한 듯 등을 잔뜩 고푸리고 깊은 숨을 내쉬었다.

조이가 늘 말했어. 자신은 결코 사랑을 잃지 않을 거라고. 그러니 죽는 게 낫다고 했지. 아마 내가 미웠을 거야. 어리석어 보였겠지. 그래도 후회하지 않아. 사랑은 내가 택하는 것이 아니었거든.

에리카는 가게 한구석에 놓인 상자를 열어 몇 장의 사진을 가져왔다. 반짝반짝 생기 넘치는 여자아이, 조이다. 해안가에서 레게머리를 하고 친구와 찍은 사진, 모자를 눌러쓰고 손님들을 안내하는 사진, 호세를 번쩍 들어 안고 찍은 사진…… 자주 들여다본 듯 사진의 네 귀퉁이가 모두 닳아 있었다.

난 기다렸어. 만약 사고가 없었다면, 그 아이는 반드시 돌아왔을 거야. 시간이 걸렸을 뿐.

에리카는 점차 울지 않게 되었다. 슬픔도 모양과 소리를 조금씩 달리한다. 이제 그것은 에리카의 몸 어딘가에 스며들었다. 자연스럽게. 내가 떠나고 나면 그들은 본래의 일상으로 돌아간다. 일을 하고 바다에 뛰어 들고 조이를 애타게 기다리는 대신 묵묵히 추모하면서. 풍족하지 않은 살림이지만 에리카라면 잘 해나갈 수 있을 것이다.

호세가 원하면 언제든 한국으로 보내주세요.

에리카가 놀라며 굽은 등을 활짝 펼쳤다.

왜 그런 말을 하지?

당치 않다는 뜻으로도 들렸고 기쁘다는 뜻으로도 들렸다. 나는 그저 웃었다. 에리카가 조금 전보다 더 크게 놀랐다.

웃는 거야?

에리카의 말에 나도 모르게 입가를 매만졌다. 옅게 파인 주름골이 분명한 곡선을 그리고 있다. 아내가 죽고, 나는 웃는 법조차 잊고 있었다.

웃으니 좀 낫네. 난 조이 눈이 낮아진 줄 알았어.

에리카가 말하고는 한 손을 장난스럽게 내저었다.

호세가 공항까지 따라 나왔다. 자그마한 손으로 트렁크를 끌겠다고 우긴다. 섬 밖으로 나온 것이 신나는지 아이는 연신 재잘거렸다. 아이스크림을 두 개 사고 남은 페소는 모두 아이에게 건넸다. 나란히 앉아 열대과일 맛 아이스크림을 핥아 먹는다. 일주일 사이에 선글라스도 잃어버리고 모자도 벗어버려, 나는 현지인과 다름없어 보였을 것이다. 우리는 이별이 아니라 소풍이라도 나온 것처럼 느긋하게 시간을 보냈다. 마침내 출국장으로 들어가야 했을 때, 호세가 옷깃을 잡아당겼다. 손바닥 안에 쪽지 한 장이 접혀 있다. 호세의 집 주소와 전화번호다. 아이의 눈에 흰 바닷물이 그득하다.

또 만날 수 있나요?

나는 아이의 머리를 가만히 쓰다듬었다. 태양의 빛이 남아 따뜻하다.

물론이지.

내가 사라질 때까지 호세는 그 자리에 서 있었다. 그리움이 담뿍 담긴 얼굴이었다. 그것은 조이인 듯싶었고 에리카인 듯싶기도 했으며 홀로 있을 때의 나인 듯도 싶었다. 결코 가볍지 않은 기나긴 인연의 실타래가 몇 개의 가슴을 뚫고 아프게 자리한 기분이었다.

적어도 내게 있어 그 섬은 어찌됐든, 마지막 남은 천국임이 분명했다. 손을 흔들었다. 아이도 흔든다. 지나치다 싶을 만큼 열정적으로. 그쯤 해둬, 호세. 나는 피식 웃고 말았다.

그 해, 봄

1

은정은 털을 뽑아 반질반질하게 손질해둔 생닭을 도마 위에 올리고 커다란 부엌칼을 치켜들었다. 탁, 타탁, 탁…… 뼈를 만나 썰림이 둔해질 때도 이내 칼날로 짓찧어내며 짧고 경쾌하게 토막을 친다. 도마 옆 함지에는 잘린 대가리와 닭발이 하나둘 쌓여갔다. 세 마리를 모두 손질한 은정은 마늘, 소금 등으로 밑간을 해두고서야 숨을 돌렸다. 짧은 머리를 귀 뒤로 넘기고 화장기 없이 수수한 얼굴은 나이를 가늠할 수 없다. 청 남방 위에 묶은 작업용 앞치마, 핏물과 기름이 깊이 밴 토시와 고무장갑, 낡고 더러운 몸빼 바지. 은정은 늘 그런 채로 일했다. 누구는 은정이 삼십 대의 노처녀라고 했고 누구는 사십 대의 애기 엄마라고 했다. 정확한 속내를 아는 사람은 없었다. 은정이 자신에 대해 이야기하는 법이 없었고 철우나 그 아버지 한 씨 또한 묻지 않았던 것이다.

잠시 후 은정은 전분가루와 튀김가루를 뒤섞어 닭 토막들을 집어넣었다. 재빠르게 튀김옷을 입히고 투명한 기름이 그득히 담긴 통을 달구어 자글자글 닭을 튀기기 시작한다. 처음엔 중불에 오래 튀기고 마지막엔 센 불에 잠깐 튀긴다. 그렇게 만든 닭튀김은 바삭바삭하고 배달을 나가도 눅눅해지지 않았다. 막 건져낸 닭튀김이 톡톡 기름소리를 내며 여전히 들끓고 있었다. 은정은 기름종이로 그것들을 휘말아 하나씩 포장을 했다. 뒷방에서 늘어져 자던 철우가 냄새를 맡고 나오더니 닭다리 하나를 우걱우걱 씹었다.

"싱겁잖아. 소금을 팍팍 넣어야지. 한국인들이 치킨을 무슨 맛으로 먹는지 알아? 다 소금 맛으로 먹는 거야. 짜고 뜨겁고 바삭바삭하고."

철우는 한 손엔 닭다리를 들고 다른 손은 허리춤을 박박 긁다가, 별안간에 얼굴을 일그러뜨렸다.

“또 기름 갈았니? 언제 새 통을 들이부었어.”

철우의 손끝이 빈 기름통을 신경질적으로 찌르고 있었다. 그는 새 기름 쓰는 꼴을 못 봤다. 후미진 시골이라지만 단골들이 있어 적어도 일주일에 한 번은 기름을 갈아야 했다. 시커먼 기름으로 튀긴 것들은 색도 진하고 냄새도 역하다. 그래도 철우는 한 번 쓸 걸 두 번은 써야 한다고 성화였다. 잔소리가 한참 이어졌다. 은정은 포장된 닭튀김들을 상자에 담아 오토바이 뒤에 실었다. 철우가 몇 마디 욕설을 중얼거리면서 시동을 걸었다.

“앓느니 죽지…….”

그는 바르릉 요란한 소음을 내며 배달을 떠났다. 뿌연 안개 같은 황사먼지가 훅하고 일어나 은정의 머리 위를 뽀얗게 덮었다. 그 뒤편으로 〈닭 집〉이라고 쓰인 알루미늄 간판이 오후의 햇살에 반뜩였다. 은정은 장갑을 벗고 옷을 털며 가게 뒤로 빠져나갔다. 하수 따위가 뒤섞인 더러운 개울이 흐르고 쑥부쟁이나 버들강아지가 소담히 자라난 언덕을 지나면 철우의 안집이다. 개량형 기와를 얹은 다섯 칸짜리 집이 먼저 나오고 그 뒤가 양계장이었다.

그곳은 철우의 아버지 한 씨가 운영하고 있었다. 칠천 마리 가량이 있었는데, 대부분 계약되어 있는 D사에 넘기고 남은 것을 튀김용으로 썼다. 양계장에 들어서기도 전에 닭똥 냄새가 진동을 했다. 은정이 코를 움켜쥐었다. 닭을 살피던 한 씨가 그 꼴을 보고는 쯧쯧 혀를 찼다. 양계장 통로로 들어서자 두 뼘 정도의 작은 틀 안에 열 지어 앉은 닭들이 잘린 부리를 짝짝 벌리며 의미 없는 울음을 내지른다. 은정은 그 사이를 재빠르게 지나쳐 양계장 뒷문으로 빠져나갔다. 거기엔 은정이 키우는 열 마리 정도의 닭장이 따로 있었다. 그제야 무표정했던 은정의 얼굴에 생기가 흐른다. 닭장 안의 물통을 꺼내서 씻고 맑은 물을 담는다. 비료포대로 덮어둔 사료를 꺼내 모이통에 정성스레 붓는다. 마지막으로 닭들을 잠시 마당에 풀어두고 닭장 바닥을 치웠다. 냄새가 나건 닭털이 옷가지에 들러붙든 은정은 개의치 않았다. 닭장을 모두 치우고 개운해진 뒤에야 쪼그리고 앉아 닭의 나들이를 흐뭇하게 지켜본다. 발목마다 붙여둔 노란 테이프가 정확히 열 개, 처음 두어 마리였던 것이 자연스레 이렇게 늘었다. 풀어둔 닭들은 제각기 흩어져 땅을 쪼다가 말을 걸어오듯 다가오기도 했다. 은정은 기름 냄새 밴 두 손을 들어 닭을 쓰다듬기도 하고 하나하나 이름을 부르기도 한다. 어떤 것은 다가와 부리로 은정의 바지 깃을 콕콕 물기도 했다. 은정은 키드득 웃었다.

"쓸데없는 짓 그만하라고 했지!"

어느새 나타난 한 씨의 벼락같은 고함에 닭들이 우르르 흩어졌다.

"저건 언제 정신을 차려. 닭 잡는 년이 닭 키운다고 저 모양이니."

은정은 잠자코 앉아 손톱을 뜯었다.

"그래, 니 닭만 닭이냐? 양계장 닭은 잘만 잡아다 튀기면서 지 닭은 저리 새끼 키우듯 하니, 달리 미친 게 아니여."

닭 한 마리가 양 날개를 뒤로 모으고 뒤뚱뒤뚱 걸어가더니 한 씨 앞에서 한바탕 활개를 친다. 그 모습에 은정은 또 참지 못하고 키득 웃었다. 더 부아가 난 한 씨가 양 팔을 걷고 닭 뒤를 좇았다.

"이놈의 닭 모가지를 내가 가만 두나 봐라, 오늘 닭튀김 감이다!"

쫓기던 닭이 깜짝 놀라 은정에게로 도망쳐왔다.

"하지 마, 하지 마!"

은정은 닭을 덥석 안고서 한 씨를 매섭게 노려보았다. 순하디 순한 강아지 눈도 그럴 때는 표독스럽게 빛났다. 억지로 닭을 빼앗을라치면 팔을 물고 머리를 쥐어뜯고 생난리를 부렸다. 한 씨는 한숨을 폭 쉬고는 하늘을 올려다보았다.

“가뜩이나 부아가 나는데 저 꼴까지 봐야 하니.”

한 씨는 홱 돌아서 가버렸다. 은정은 품에 있던 닭을 더욱 꼭 끌어안았다. 정성으로 보살핀 닭은 윤기가 흘렀고 포실하게 살이 오른 몸은 따스했다. 연신 두리번거리던 닭이 가끔 은정의 턱을 콕콕 쪼았다. 은정은 열 마리 모두를 하나하나 세어서 닭장 안에 조심스레 집어넣었다.

잠시 후 한 씨가 돌아와 자루를 내밀었다. 그새 닭을 몇 마리 잡은 모양이다.

“손질해서 튀겨 놔. 저녁에 마을 사람들 모이기로 했으니.”

은정은 묵직한 자루를 불끈 들어 올려 어깨에 메고 무심하게 걸어 내려갔다. 그 뒷모습을 보며 한 씨는 쯧쯧 소리 내어 혀를 찼다.

2

철우가 처음 은정을 데리고 왔을 때, 그는 내심 세 번째 며느리 감이 왔구나, 하고 반가워했다. 첫 결혼에 실패 한 철우는 딸애마저 처가에 보내고 한참을 적적히 지냈다. 그러다 어느 조선족 여자를 만나 닭 집을 차린 것이 몇 해 전이다. 제법 종알거리며 사는가 싶더니 오래지 않아 여자가 떠나버렸다. 어린 시절부터 소년원을 드나들던 철우의 거칠고 급한 성미 때문이었다.

그러나 은정은 어딘가 나사 하나가 풀린 것처럼 아둔한 여자였다. 읍내 나갔던 철우가 오토바이를 타고 산골길을 넘는데, 옷이 다 헤지고 맨발이 퉁퉁 불어터진 여자 하나가 누워 있더란다. 그냥 지나치려던 철우를 붙든 것은 여자의 검은 눈이었다. 말 한 마디 행동 하나 또렷한 게 없는데도 그 눈빛만은 어쩐지 또록해서 무슨 말을 건네듯 빛이 났다.

처음엔 제법 정답게 대하며 안방에 모셔놓고 아내 대접을 해주었다. 하지만 날이 갈수록 무엇 하나 시원스럽지 못한 은정이 거슬렸다. 가장 견딜 수 없는 것은 모든 것에 심드렁한 여자의 무관심이었다. 한 달쯤 지났을 때, 철우는 은정을 닭 집으로 내

쫓아 버렸다. 워낙에 재주가 없어 속 꽤나 썩이던 것이 차차 손에 익어 능숙하게 해나가게 되었다. 은정은 먹여주고 재워주는 것으로 만족했으니 그야말로 공짜 인력인 셈이다. 그 후 철우는 거두지도 내치지도 않으면서 아내도 인부도 아닌 은정을 붙들고 놓아주지 않았다. 한 씨는 그 꼴을 보고 종종 혀를 찼고 마을 사람들 역시 곱지 않은 눈을 흘겼으나 누구 하나 나서서 다른 주장하는 이가 없었다.

아무 일에도 흥미가 없던 은정은 뜻밖에도 닭을 좋아했는데, 양계장을 어슬렁거리는 게 귀찮아서 한 씨가 병아리 두 마리를 내주었다. 그로부터 은정은 틈만 나면 제 닭장에 들러붙어 있었다. 은정이 워낙 성실히 돌봐왔기 때문에 닭들은 살이 토실토실하고 건강했다. 막 낳은 따끈한 달걀은 한 씨와 철우가 공복에 마셨고 남은 것은 철우 딸아이가 오는 날 주었다. 그 달걀이 얼마나 고소하고 신선한지, 한 씨는 가끔 시샘이 났다. 죽어라 키우는 양계장 녀석들은 붉으죽죽한 눈만 끔벅할 뿐 생긴 것부터 낳는 달걀까지 은정의 것에 못 미치는 게 한 씨 눈에도 역력했다. 더 신경질이 나는 건, 은정이 한 씨의 닭들은 그야말로 소 닭 보듯 하면서 제 닭들은 신주단지 모시듯 하는 것이다.

더구나 지금이 어느 때인가. 한 씨는 생각하면 억장이 무너지고 기가 막혔다. 조류독감이 전국에 퍼지면서 벌써 어느 곳에서는 산 채로 파묻기 시작했단다. 양성 판정이 난 농장 주위로 삼킬로미터까지 시행할 거라는 둥 이번 전염은 막기가 어려울 거라는 뒤숭숭한 소식까지 퍼지고 있었다. 한 씨는 십 년 새 벌써 조류독감 파동을 두어 번은 겪었다. 그때마다 다시 닭을 키우면 사람이 아니다 다짐했으나 배운 게 도둑질이라고 할 일이란 게 또 뻔했다. 철우마저 닭 집을 하고 있으니 아들 뒷바라지 한답시고 조금이라도 키우다 보면 금세 규모가 늘었다. 마을마다 농장주가 서로 계로 묶여 있고, 그 계는 또 지역 육계 가공업체 D사와 연결되어 큰돈은 아니어도 그럭저럭 할 만한 일이었다. 가끔 지나치게 간섭을 하고 가격을 제멋대로 맞추거나 하면 부아가 치밀 때도 있었지만, 그럴라치면 또 적당히 타협을 걸어와 지는 척하고 받아들이는 수밖에 없었다.

어쨌든 저녁에 몇몇이 모여 대책을 논의하기로 했다. 이미 관공서에서 연락이 와 조만간 인접 도로와 마을길을 통제할 예정이란다. 방역 일정 또한 차례로 잡혀 있었다. 한 씨는 무슨 일이 있어도 이번에는 살아 있는 닭들이 땅에 파묻히는 꼴만은 보고 싶지 않았다. 양계장을 돌아보는 그의 입에 깊은 탄식이 흘렀다. 결국 죽는 건 매한가지라지만, 짧은 생조차 다하지 못 할 걸 생각하면 맘이 저렸다. 그러니 제 새끼만 감싸고도는 은정이 때론 계모처럼 얄밉고 언짢게 느껴지는 것이다. 한 씨는 뒷짐을 진 채 무거운 발걸음을 돌렸다. 언덕 아래로부터 저녁녘 물비린내가 서서히 퍼지고 있었다.

닭튀김을 건져내던 은정이 두어 개를 빼놓았다. 철우가 오면 필시 찾을 것이다. 그래서 〈닭 집〉에서 파는 닭튀김에는 간혹 다리가 하나 없기도 했고, 날개가 없기도 했다. 따지는 사람은 없었다. 따진다 해도 철우가 대꾸를 해줄 리 만무했다.

은정은 철우가 무섭지 않았다. 오히려 그를 조금 불쌍히 여겼다. 매몰차게 쏘아대는 가시 돋친 말들이, 어린아이처럼 매달려 칭얼대는 얼굴이, 그러다가도 문득 손찌검을 하려 드는 강팍한 마음이 안쓰러웠다. 그가 자신을 이용하는 것을 모르지 않았다. 더듬더듬 생각해보아도 억울한 노릇을 하고 있음을 안다. 그러나 자신을 살린 것은 철우였다. 둥글 넓적한 얼굴에 군더더기 없는 까까머리, 날카롭고 찢어진 눈매의 사내가 다가왔을 때,

은정은 그가 자신을 살릴 것을 알았다.

노모가 죽고 요양원에 들어간 후, 가뜩이나 삐거덕거리던 은정의 머릿속은 녹슨 바퀴처럼 멈춰버렸다. 노모와 사는 동안에도 정신지체와 우울증이 겹쳐서 사람 구실은 못했다. 노모는 은정을 집 안에만 숨겼고, 그저 그런 게 다인 줄 알고 살았다. 텔레비전을 보다 먼 산을 보다 노모가 화를 내면 자는 체했고 눈물로 호소하면 어리둥절했다. 요양원으로 가면 건강해질 거라고, 양오라비는 부드럽게 말했다. 노모의 시골집과 땅은 그의 몫이었다. 은정은 요양원에서 약을 받아먹고 프로그램대로 움직였다. 날이 갈수록 잠이 늘었다. 낮에도 눈을 뜨기가 힘들어 꾸벅꾸벅 졸았다.

어느 햇발 고른 날, 은정은 마당에 웅크리고 앉아 있었다. 요양원을 빠져나온 것은 즉흥적인 일이었다. 철창 너머로 푸르게 돋아난 잡풀들을 밟아보고 싶었다. 막상 은정에게 시리게 와 닿은 건 발끝의 풀이 아니라 눈앞에 놓인 거대한 사육장 같은 요양원이었다. 웃음도 울음도 없는 희멀건 얼굴들. 은정은 떠나야 했다. 그대로 있으면 먼지처럼 바스라지고 말 것이다.

일주일이 넘도록 숲을 헤맸다. 굶주리고 지쳐서 더 이상 걸을 수 없었을 때, 철우를 만났다. 그는 은정을 씻기고 먹이고 탐했다. 빈 유리잔 같은 은정의 가슴에 숱한 내음을 가진 바람이 스며들었다. 많은 것들이 놀랍고 아프고 화났으나 또한 그 모든 것을 잠재울 만큼 새로웠다. 닭을 튀기게 되면서는 이상야릇한 희열마저 느꼈다. 기름에 손을 데이고 새카맣게 태워먹은 것을 몇 차례나 내다 버린 끝에 완성한 닭튀김은 바삭바삭하고 고소했다. 철우가 엄지를 치켜들었다. 은정은 많은 걸 바라지는 않았다. 철우든 닭이든 자신에게 기대오는 것이 좋았다. 은정에게 그것은 살아 있다는 생생한 증명이었다.

3

배달을 끝내고 돌아온 철우는 주민들이 모여 있는 방문을 벌컥 열었다. 방 가운데 닭튀김이 있고, 소주도 몇 순배 돌아간 모양이었다. 철우가 들어오자 몇몇의 불편한 눈치가 흐른다. 지난 조류독감 때 철우가 공무원들과 한 바탕 싸움을 벌인 것을 모르는 이는 없었다. 얼마 전에는 D사 직원들과 고성이 오간 후, 마을이 은연중에 피해를 보기도 했다. 이번에도 괜스레 철우가 무뢰배처럼 굴지나 않을까 우려스러운 것이다. 그중에서도 한 씨의 오랜 친구이자 철우 또래의 아들을 두고 있는 정 씨의 걱정은 더 컸다. 아들 문식은 군청에 근무하고 있는 공무원으로 지난번 살처분에도 동원되어 고향을 찾았다. 그때 철우와 부딪혀 하마터면 큰 싸움이 날 뻔한 걸 가까스로 말렸다. 정 씨도 농장주의 한 명으로 자식 같은 닭을 죽이는 일이 내킬 리 없건만, 한편으로는 철우에게 괘씸한 마음도 없지 않았다. 철우야말로 닭튀김을 생업으로 삼고 있지 않던가.

"제일 큰일은 역시 보상 문제가 아니겠나."

나이 많은 영감 하나가 입을 열자 여기저기서 말이 튀어나왔다.

"지난번에도 그 많은걸 다 죽이고 우리에겐 푼돈이나 돌아왔지요."

"그 참상을 또 봐야 하니…… 꼭 그렇게 죽여야 되는 거래요?"

"옛날에는 전염병이 돌아도 몇 놈 죽고 말았는데, 이젠 꼼짝없이 생지옥이니."

"우린 만 오천 마리가 넘는데 그걸 다 죽이게 생겼네."

하소연과 넋두리가 뒤섞여 이런저런 불평이 지난 후에야, 정 씨가 철우 쪽 눈치를 슬며시 보면서 입을 열었다.

"조류독감이 얼마나 독한지 알잖아. 오죽하면 나랏일 하는 사람들도 죽이기로 작정을 하겠는가. 그리고 살처분이라는 게 원칙적으로 고통 없이 죽인 후 묻는 거니까, 너무 안달복달들 하지 말자고. 어차피 죽기는 매일반이니."

입을 꾹 다물고 앉아 담배를 피워대던 철우의 눈이 번들번들했다. 한 씨는 그런 아들의 눈치를 읽고는 정 씨 다리를 살짝 꼬집었다.

"누가 몰라서 그러나. 원칙은 원칙이고 급한 대로 마구 포대에 담아 땅으로 던지니 하는 말이지."

"그걸 해야 하는 공무원들은 또 어떻겠어. 일은 정해져 있지 시간은 없지, 내 아들놈도 마지못해 작업에 동원된 후 며칠간 잠을 못 자구서. 종일토록 귓가에서 꽥꽥 소리가 들렸다대."

"살인자들도 밤잠을 그리 못 잔다더구만요."

철우가 담배꽁초를 비벼 끄며 조롱하듯 말했다.

"이놈아, 그럼 위에서 하라는데 뭔 수로 안 하나?"

"사람 죽이래도 죽인대요?"

철우는 이렇게 비실비실 웃으며 약을 올린 후 재떨이에 가래침을 뱉었다.

"이렇게 무식하게 죽이는 나라 없다고 하대요. 병 걸린 닭이 나오면 그 농장만 처분을 하든지 인근만 해야지 어쩌면 씨도 안 남기고 몰살을 시키는지. 돈이래야 쥐꼬리만큼 주고."

철우가 계속해 따지고 들자 정 씨는 못마땅한 얼굴을 홱 돌려 버리고, 몇몇은 둘을 말리듯 손사래를 쳤다.

"그런 게 중요한 게 아니야. 이번에는 지난번처럼 넋 놓고 앉아 보상금을 빼앗기진 말아야지."

모두들 그 이야기에는 이견이 없었다. 말이 보상이지, 키우고 있는 것들을 죄 쓸어 죽인 후 나오는 돈이란 게 결국 업체들 차지요 농장주 손에 떨어지는 것은 오 분지 일도 안 됐다. 철우는 지난번 조류독감 때 제 아비가 받아든 약간의 돈이 그나마도 닭장 안에 깔 짚이며 사료 값, 병아리 값으로 다시 D사로 흘러가고 오히려 빚만 남는 꼴을 봤다. 이른바 계열화 사업이라 해서, 전국의 양계농장들이 육계 가공업체들과 전속계약을 맺고 하청인으로 전락한 때문이었다. 병아리며 사료 등을 업체로부터 지원받고 닭을 키워 출하하면 사육수수료를 받는 식이었다. 출하

걱정 없고 가격 걱정 없어 선진국 시스템이라고 떠들어대지만, 철우가 보기에 그건 순전히 업체들만 좋은 일이었다. 내가 키우는 닭이 내 닭이 아닌 바에야 내 공들여 남 배 채우는 꼴이고, 제 새끼 남에게 맡겨두고 돈만 밝히는 업체들은 남의 둥지에 알을 낳는 뻐꾸기나 진배없었다. 더구나 조류독감처럼 끔찍한 재난이 닥치면 결국 손해 보는 것은 농장주뿐, 업체들은 병아리 값, 사료 값 등을 정확하게 계산해 챙기고 보상금도 나눠 가지니 밑질 게 없는 장사였다.

"제일 열불 나는 건 말이야. 새끼 같은 것들을 땅에 묻고 우리는 속이 시커멓게 썩어 들어가는데 그 사람들이야 눈앞에서 보기를 하나 손해를 보나, 오히려 뒤돌아 웃는다는 말도 있으니."

"그건 또 무슨 말이여?"

"생산량하고 판매량이 안 맞을 때, 그보다 좋은 방법이 또 있겠냐 그거지."

"설마, 그런 못된 생각을 할라고."

한 씨가 말을 하고선 소주를 들이키니 다들 씁쓸해져 한 잔씩 주고받는다. 정 씨는 눈만 껌뻑이며 누구 편도 들지 못하고 쓴 입맛을 다셨다.

"아무튼 이번에는 가만있지 않아요. 나도 닭 잡아 사는 놈이지만, 땅에 산 채로 묻기만 하라지. 차라리 내가 때려죽이고 묻든지 할 거요."

철우는 취기 오른 붉은 눈으로 벌떡 일어났다. 정 씨는 방문을 나서는 철우의 뒷모습을 보며 손해니 뭐니 하는 것보다도 제 아들놈이 멱살이나 잡혀 고생하지 않을까 그게 걱정이었다.

4

마침내 살처분 계획의 공문이 내려온 날, 문식은 마른 한숨을 꺼질 듯 내쉬었다. 예상보다 빠른 확산으로 전 지역이 적신호였다. 군내에도 확진 판정이 두 군데나 있었다. 더 이상 머뭇거릴 수가 없었다. 그는 생각만으로도 골치가 아팠다. 지난 조류독감 때 문식은 일주일에 한 번 이상은 작업을 나갔다. 처음 교육을 받고 방제복을 입을 때는 별다른 감흥이 없었으나, 현장에서 직접 닭이니 오리니 하는 것들을 두 손으로 잡을 때에는 차마 못 할 짓임을 알았다. 먹이사슬이라는 게 먹지 않으면 살 수 없다는 모순으로부터 출발하듯, 섭생을 위한 도축이야 어찌하랴. 그러나 먹기 위한 것도 아니요, 병에 걸려 죽어가는 것도 아니요, 혹시 모를 전염을 위해 미리 죽이자는 것이니 명분이 영 탐탁지 않았다. 특히 문식이 견디기 힘들었던 것은, 두 손으로 잡아든 닭이나 오리가 빤히 올려다볼 때였다. 그 작고 붉은 두 눈이 마치 체념하듯 보일 때, 문식은 가슴이 긁히는 것 같았다. 끝내야 끝난다, 주문이라도 외듯 이산화탄소를 주입시키면 마대 속에 담긴 것들은 마지막 숨을 토하느라 꿀렁꿀렁 발버둥을 치며 죽어갔다. 때로 이산화탄소 작업조차 하지 못하고 산 채로 던져넣는 일도 있었다. 석회가루에 파묻힌 마대 속에서 비명과 몸부림으로 아수라장이었다. 문식은 꽤 여러 날 잠을 설치고 위장병에 시달려야 했다. 직원 중에는 처음엔 벌벌 떨기만 하다가 차례가 더할수록 자신도 모르게 광포하게 되더라고 고백하는 이도 있었다. 후에 그는 극도의 스트레스로 정신과 치료를 받아야 했다.

문식은 자신의 차례를 확인하고는 피곤한 얼굴로 관자놀이를 꾹꾹 눌렀다. 적어도 두 번은 고향으로 나가야 했다. 보나마나 철우가 야단을 피울 것이다. 문식은 여러 곳에 전화를 걸어 자신의 차례를 바꾸려고 했으나 그마저도 여의치 않자 결국 공문을 꾸깃꾸깃하게 구겨 한쪽에 던져버렸다.

그날 밤 문식은 〈닭 집〉 앞에 섰다. 철우와의 악감정이라도 풀어놔야 일이 조금 수월할 터였다. 간판 위에 켜 둔 불그스름한 백열등 아래 날벌레며 각다귀들이 퍼덕이고 안에서는 고소한 기름 냄새가 은근히 풍겼다. 문식은 미닫이문을 열고 들어서며 다짜고짜 "철우야" 하고 크게 불렀다. 어릴 때에야 같이 참외 서리 하고 개구리 잡으러 다니던 친구였다. 자라면서 서로 가는 길이 달라지더니 이제는 아예 멱살잡이까지 하게 된 것이 서글프기도 하다. 문식을 맞은 것은 은정이었다. 철우에게 여자가 있다는 소문은 들었으나 실제로 보기는 처음이다. 문식은 제수씨를 대하듯 수더분하게 고개를 숙였다.

"안녕하세요, 철우 친굽니다."

창백한 얼굴의 은정이 한 걸음 뒤로 물러섰다.

"철우 있나요?"

은정은 고개를 홰홰 내젓고 손가락으로 밖을 찔렀다.

"배달 나갔어요?"

그러고 보니 오토바이가 없다. 문식은 앉을 곳을 찾아 가게 안을 둘러보았다. 먼지가 뿌옇게 앉은 테이블 옆에 의자는 나동그라져 있고, 안쪽 벽은 정체불명의 얼룩으로 지저분했다. 문식이 헛기침을 했고 은정은 불안한 얼굴로 닭튀김을 휘저었다. 부풀어 오른 눈두덩이 푸르렀다.

"닭 한 마리 주세요."

의자를 바로 세우면서 문식이 말했다. 보나마나 술 취한 철우가 패악이라도 부린 것이다. 문식은 병맥주를 가져다 홀짝홀짝 마시며 은정을 살폈다. 낯선 이의 방문에 놀란 듯 행동에 두서가 없었다. 종이로 말던 닭튀김을 몇 점 빼놓기도 하고 다시 기름에 담그기도 했다. 나무젓가락을 몽땅 넣었다가 도로 빼내기도 하고 무를 빼먹어 포장을 재차 열기도 했다. 마침내 고무줄을 둘둘 말아놓고서야 새로운 주문이 생각났는지 생닭을 꺼내 도마 위에 놓는다. 칼을 높이 치켜들고 하나하나 토막을 내는 모습이 문식의 눈에 낯설게 보였다.

어릴 때에 문식은 곧잘 닭을 잡았다. 어머니를 도우려 자처한 일이었다. 도망가는 것을 뒤채어 꽉 움켜쥐고 모가지를 한껏 돌리면 닭은 축 늘어진 뱃가죽으로 마지막 숨을 힘겹게 쉬었다.

그것을 푹푹 삶아 가족이 둥그러니 모여 앉아 먹을 때 얼마나 달게 먹었던지 나중에서야 입천장이 데인 걸 알기도 했다. 닭들이 마당을 오갈 때 다음 차례는…… 하고 생각하던 것이 몇 번이던가. 정을 느끼기보다 배가 고팠던 어린 날을 생각하고 문식은 씁쓸히 웃었다.

차차 취기가 오를 때, 철우가 돌아왔다. 문식을 보고 잠시 안색이 변했으나, 거듭 권하는 친구의 말을 이기지 못해 마주 앉았다. 둘은 몇 잔을 연거푸 마셨다. 은정이 내왔던 닭튀김은 차갑게 식었고 바깥에서는 갑작스레 소낙비가 내리기 시작했다. 양철 지붕을 두들기며 쏟아지는 빗줄기에 써늘한 한기가 스며들었다. 철우는 문식의 빈 잔을 채워주며 못마땅한 듯 물었다.

"여긴 왜 왔어? 닭 잡아가려고 왔냐?"

문식은 식은 닭튀김을 뒤적이며 그저 비실비실 웃었다.

"지금 닭 몇 마리 들고 섰으면 날궂이도 하고 딱 좋겠네."

"누군 좋아서 죽이나?"

"핑계대지 말어. 너나 윗놈들이나 매한가지지."

"너야말로 시비 좀 걸지 마라."

둘의 목소리가 차차 높아지자 은정이 빼꼼히 고개를 내밀었다. 둘은 왠지 머쓱해져 말없이 술을 들이켰다.

“우리가 싸울 일도 아닌데…….”

문식은 쓴 입맛을 다시며 쏟아지는 빗줄기를 노려보았다.

“근본적인 문제는 다른 데 있는 거야.”

“무슨 말이 하고 싶은데?”

철우는 입을 삐죽거렸다.

“생각해 봐라. 우리 아버지도 양계장을 한다만, 난 양계장처럼 불쌍한 데가 없다. 평생을 손바닥만 한 곳에서 낑낑대다 부리 잘려, 발톱 잘려, 평생 알만 낳다가 닭튀김이 되겠지.”

“얼씨구, 채식주의자 나셨네.”

철우가 킬킬 웃으며 문식의 입에 튀김 한 점을 밀어 넣었다. 문식이 그것을 질겅질겅 씹으면서 혀를 찼다.

“동물복지도 못 들어봤어? 먹을 때 먹더라도 살아 있을 때는…….”

“난 그런 건 모르겠고, 죽일 때나 곱게 죽여라.”

철우는 문식의 말을 자르면서 냉소했다. 문식이 뼈다귀를 뱉으며 다시 말했다.

“곱게 죽이는 것도 동물복지다.”

둘은 짧게 웃었다. 누군들 그러고 싶지 않으라마는, 필요한 땅이며 사육비며 열악한 양계업에서 쉽지 않다는 걸 알고 있었다.

"이것 좀 다시 덥혀 봐."

철우가 바깥 눈치만 살피고 있는 은정에게 소리를 질렀다. 주섬주섬 슬리퍼를 신고 나온 은정이 기름통에 불을 붙인다.

"저 여자는 누구야?"

"몰라."

"같이 살잖아."

문식의 의아한 얼굴을 보며 철우는 킬킬거렸다.

"같이 산다고 다 아는 거냐? 나도 저 여자를 모른다. 뭘 하다 온 건지, 제정신이긴 한 건지."

"근데 왜 같이 살아?"

문식이 남은 맥주를 끝까지 따르고서 넘치는 거품을 핥으며 물었다.

"식구니까 글치."

그러고서 철우는 제 말을 다시 생각하는 눈치였다.

"악연도 인연이라고 저것도 식구로 기어들어와 사니까 그냥 사는 거지 뭐."

"정들었구나?"

문식이 말하면서 천진하게 웃었다.

"모르는 건 영 몰라도 알고 나면 모른 체 못하는 법이지."

문식의 말에 철우는 대꾸가 없었다. 은정이 데워온 닭튀김에서 모락모락 김이 오르고 소낙비는 계속해 내렸다. 문식은 제 아버지의 양계장에 자주 들르지 않았던 것을 다행스러워했다. 모르는 건 영 모르는 게 나았다. 한밤이 깊어서야 잔뜩 쌓인 술병들을 밀어두고서 가게를 나섰다.

5

아침부터 은정은 부산을 떨었다. 양계장이 이사를 가야 하니 며칠간 읍내 여관에서 지내라는 철우의 말을 듣고 가방을 싸던 중이었다. 짐이래야 갈아입을 속옷하고 셔츠뿐이지만 은정의 마음이 급한 것은 제가 키우는 닭 때문이다. 철우는 양계장이 이사를 간다고 했으나 은정은 며칠 전부터 농장 주변에 하얀 띠가 둘러지고 낯선 이들이 오가는 것이 영 불안했다. 맘속으로 닭들을 어디든 안전하게 옮겨 두리라 작정하였던 터다. 그러나 주변을 아무리 둘러봐도 코딱지만 한 뒷마당 말고는 닭장을 놓을 곳이 없다. 마당 뒤로는 붉은 흙이 그대로 드러난 가파른 야산이었다. 은정이 시무룩해 하고 있을 때, 한 씨가 혀를 차며 다가왔다.

"영영 이별이다, 이것아."

은정은 속뜻을 알지도 못하면서 잔뜩 골이 난 얼굴로 털퍼덕 주저앉아 버렸다.

"왜 애를 건드려요. 조용히 데려가야 하는데."

양계장 주변을 치우던 철우가 제 아버지에게 쏘아붙이고는 은정을 달랬다.

"며칠 사이로 뭔 일이 있다고 그래? 걱정 말고 가라. 이장님이 읍내까지 태워준다잖아. 여관에는 내가 미리 연락했으니 들어가기만 하면 된다."

철우가 유독 정답게 구는 건 닭 때문이다. 한없이 얌전하다가도 닭에 관련된 일이라면 은정이 별안간에 다른 사람이 되어 사납게 덤벼드는 것을 여러 번 보았다. 작업이 있기 전 내보내는 게 상책이었다.

은정은 근심 어린 눈으로 연신 뒤를 돌아보며 농장을 떠났다. 〈닭 집〉은 오랜만에 자물쇠가 걸렸고 철우의 오토바이도 창고 깊숙이 들어갔다. 철우는 한 씨를 도와 양계장 주변을 정리하고 정확한 숫자를 파악한 후 마지막으로 은정의 닭장 앞에 섰다. 오동통 살이 오른 것이 진즉에 잡아 백숙이라도 해 먹을걸 싶었다. 그러나 이미 문서로 지정되어 있는, 처분해야 할 대상이었다. 철우는 장갑 낀 손으로 닭을 하나하나 꺼내 양계장 철창 속으로 밀어 넣었다. 처음으로 비좁은 철창에 들어가는 닭들이 유난히도 시끄럽게 울어댔다. 철우는 그것들의 발목에 묶인 노란 테이프를 발견하고 짧은 한숨을 내쉬었다.

은정은 모든 일에 무심한 여자였다. 한 번도 기쁨이나 슬픔이 깃들어본 적이 없는 것 같았다. 몸을 파고 들 때도 패악을 부릴 때도 다정하게 대하거나 선물을 안길 때도 그 얼굴은 한없이 차갑기만 했다. 그것이 미워서 화를 내보고 매달려도 봤지만 묘하게도 그럴 때에 더욱 무심해지던 은정이었다. 그러던 은정에게 처음으로 미소가 떠오른 건, 너무도 흔해 빠져 철우는 한 번도 돌아보지 않던 닭 때문이다. 닭을 그렇게 좋아하는 사람은 처음 봤다. 그런데도 닭튀김을 만들라면 군말이 없었다. 자기 닭을 잡으라면 소스라쳤겠지만 남의 닭은 썸벅썸벅 잘 잡는 것이 우습기도 하고 기막히기도 했다. 철우는 저도 모르게 슬며시 웃다가, 이내 미간을 찌푸리며 고개를 흔든다. 한시적인 관계, 예정된 이별…… 닭이든 은정이든 때가 되면 그리 할 수밖에 없다. 철우는 울어대는 닭을 외면하고 철창문을 딸까닥 잠갔다.

작업 관계자들이 철우네 농장에 도착한 것은 정오쯤이다. 그 중엔 문식도 끼어 있었다. 철우는 문식과 인사를 나눴고 전과는 달리 고분고분 작업을 도왔다. 문식이 원칙적인 작업과 보상을 강화하겠다고 약속했기 때문이다.

한 씨는 골방에 틀어박혀 나오지 않았다. 보나마나 술이나 한 잔 마시며 시름을 달랠 것이다. 살처분 방침에 따라 타미플루를 복용했으니 술은 안 된다 말렸지만 술이라도 먹지 않으면 견딜 수 없었다.

철우는 커다란 이동식 동물사체 처리기를 멀거니 바라보았다. 이번에는 그대로 땅에 묻지 않고 처리기를 통해 퇴비 따위로 재활용을 한단다. 철우는 왠지 초조한 마음이 들어 분주히 마당을 오갔다. 그러나 더 이상 양계장으로 들어갈 순 없었다.

하얀 방제복을 입은 군 공무원들이 우르르 양계장으로 몰려가고 주변엔 경계선이 둘러졌다. 철우는 코를 벌름거렸다. 바람결에 짙어지기도 하고 옅어지기도 하던 지독한 닭장 냄새가 어쩐지 세상 밖으로 사라진 것 같았다. 그는 양계장을 노려보고 서서 집요하게 그 냄새를 추적하고 있었다.

중천에 떴던 해가 한 걸음씩 땅으로 내려설 때, 마대 자루가 끌려 나오기 시작했다. 기운 없이 앉았던 철우가 벌떡 일어나 눈을 부릅떴다. 지친 기색이 역력한 직원 하나가 비키라는 신호로 손을 내저었다. 뒤따라 나오던 문식과 눈이 마주쳤다. 그도 피로한 눈으로 살랑살랑 고개를 흔들었다. 철우는 그래도 물러서지 않고 마대 자루를 꼼꼼히 살폈다. 반드레한 자루에 사체를 품은 것들이 그토록 간악해 보일 수가 없었다. 그러다 어느 것 하나가 꿈지럭 대는 것을 발견하고는 철우가 소리를 버럭 질렀다.

“저기, 살아 있는 게 있소!”

여럿이 자루를 바라보았다. 아직 살아 있는 것 하나가 꿈틀대고 있었다.

“곧 죽을 거요.”

한 직원이 말하더니 시선을 돌린다. 마대 자루가 계속해 실려 나왔다. 철우는 씩씩대며 문식을 찾아봤지만 농장 안으로 다시 들어갔는지 보이지 않는다. 꿈틀꿈틀한 마대 자루 위로 하나둘 다른 자루들이 쌓이기 시작했다. 아직 살아 있는 것은 그뿐이 아니었다. 새로 나온 자루에도 희미하게 들썩이는 것이 있었다.

"문식아! 문식아!"

철우는 급한 마음에 문식을 부르지만 대답이 없다. 몇몇 직원이 쌓인 마대자루를 이동식 동물사체 처리기에 집어넣기 시작했다.

"아직 살았어요!"

철우가 악을 쓰며 자루를 잡아당겼다. 자루가 털썩 땅에 떨어지며 입구가 벌어졌고 그 사이로 죽은 닭 모가지가 빼쭉 삐져나왔다. 숨통이 끊긴 것이었으나 눈꺼풀은 아직도 파르르 떨리고 있었다. 건장한 사내 둘이 다가오더니 철우를 붙들었다.

"공무집행 방해예요. 경계선 밖으로 나가주세요."

"죽이는 건 곱게 죽여요. 그러자구요."

철우는 발을 동동 구르며 소리쳤다. 문식이 그제야 밖으로 나와 철우를 막막히 바라보았다. 이마 밑으로 땀이 흐르고 겨드랑이는 이미 축축하게 젖었다. 하루 처리해야 할 것이 삼 만 마리가 넘었다. 씨름하고 있을 틈이 없었다. 철우가 끌려 나가는 사이 쌓여 있던 마대자루 모두가 처리기로 내던져졌다.

"동물복지, 동물복지…… 그거 한번 잘 되어간다!"

철우의 외침이 문식의 지친 가슴을 긁듯이 울렸다. 문식이 깊은 한숨을 내쉬었다.

6

문식이 작업장으로 돌아서는데, 이제껏 벌어진 소동과 다른 비명소리가 귓가를 찢었다. 그것은 성난 새떼의 울음소리 같았고 요란한 쇳소리 같기도 했으며 절벽을 때리는 파도처럼 처절했다. 작업장의 모든 이들이 일제히 뒤를 돌아보았다. 하얀 구름이 듬성듬성 흩어진 하늘 아래, 맨발의 여자 하나가 달려오고 있었다. 여자가 경계선을 넘으려는 것을 직원들이 붙들었다. 은정이었다.

"하지 마, 하지 마……!"

은정은 제 분을 이기지 못해 몸을 부들부들 떨었다. 어디서부터 뛰어왔는지 맨발은 흙투성이고 온몸이 땀에 젖었다. 창백했던 볼은 붉게 상기되었고 그 위로 은회색의 눈물자국이 반질거렸다. 철우가 달려와 은정을 끌어안았다.

"나가, 나가자!"

"하지 마, 하지 마……."

은정이 철우를 붙들고 애원하듯이 울부짖었다.

"그런 거 아냐. 하지 말랜다고 안 하는 게 아니라고!"

"하지 마……."

할 줄 아는 말이라곤 그뿐인 것처럼 은정은 철우에게, 주위의 직원들에게 애처롭게 사정했다. 갑작스러운 상황에 사위는 정적에 갇히고 먼 데서 흐르는 물소리만 희미하게 들려왔다. 철우가 간신히 정신을 차리고 은정의 손목을 잡아당겼다.

"나중에 설명할게. 아니 나중에…… 다시 사줄게! 병아리…… 아니 닭…… 몇 마리고 사달라는 대로 사줄게. 응?"

이렇게 철우가 달래는데, 뜻밖에도 은정의 순박하던 얼굴에 독기가 흘렀다. 은정이 철우를 밀어젖히고 양계장으로 뛰어 들어간 것은 순식간의 일이었다. 직원들이 황급히 뒤따라갔지만 은정을 잡지 못했다. 철우는 은정이 무얼 하려는지 짐작할 수 없었다. 입만 벌리고 선 문식도 마찬가지였다. 농장 안쪽에서 푸드덕거리는 몇 마리의 날갯짓 소리와 구슬픈 울음소리가 고함 속에 뒤섞여 들렸다. 그리고 잠시 뒤 사방은 아득한 고요에 뒤덮였다.

청명한 봄날이었다. 뜨문뜨문 하던 구름마저 바람에 밀려나고 티끌 하나 없이 푸른 하늘 아래로 햇살이 너울지듯 춤추며 떨어졌다. 신기루 같은 먼 밭의 보리들이 바람에 한들한들 춤을 추고 가파른 야산 능선에 쪽빛 새잎들이 머리털처럼 돋아났다. 영원할 것 같은 평온한 한낮이었다.

흰 방제복을 입은 직원들이 달에서의 첫 걸음이라도 떼 듯 느리게 나타났다. 그들은 말할 기운도 없는 것 같았다. 그 뒤로 은정이 마대 자루를 질질 끌며 나타났다. 독살스럽던 눈은 어수룩하게 풀리고 입가에 침이 흐른다. 두 손은 닭털이며 붉은 피가 엉망으로 엉겨 붙었다.

문식은 경악이 끝나자 당혹이 몰려왔고 당혹을 억누르자 정신이 번쩍 들었다. 더 이상 소란하게 해선 안 된다. 오후에는 동물보호협회의 참관이 예정되어 있었다. 문식은 우두망찰하고

선 철우를 독촉해 은정을 끌어내고, 피 못이 되어버린 현장을 치웠다. 은정은 마대자루를 끌어안고 있었다. 그 안에 들어있는 것은 뻔했다. 몇 마리인지 알 수 없으나 상관없었다. 문식은 급히 협의하여 철우에게 사체 반출을 허가했다. 철우는 은정과 마대자루를 끌고 언덕을 내려갔다. 자루가 지난 길마다 핏자국이 선명하고 파리 몇 마리가 왱왱 거리며 뒤를 따랐다.

산등성이에 이내가 내려앉고 샛별이 나타나 반짝거렸다.

그때까지도 은정은 마대자루를 꼭 안고 있었다. 철우는 설득을 하다가 다그쳐보았다가 사정사정해봤지만 소용없다는 것을 깨달았다. 뒤죽박죽 엉켜버린 은정의 머릿속은 깨진 접시처럼 다시는 맞출 수 없었다. 철우는 여자를 내보내리라 다짐하며 가게를 나섰다. 몇 푼의 돈이나마 맞바꿀 수 있어 다행인 것이 양계장의 운명이었다. 손해를 끼치는 존재가 있다면 내치는 것도 순리였다. 그렇게 되뇌며 영 개운치 못한 무언가를 카악하고 가래침과 함께 털어버렸다.

등 하나 켜지 않은 가게 안이 캄캄했다. 은정은 문득 허방을 헤매던 영혼이 돌아온 것처럼 몸을 부르르 떨고는 어둠 속을 두리번거렸다. 무엇이던가. 중요한 것을 잃어버린 것 같았다. 먼지 뭉치가 구르는 돌바닥이 쓸쓸하다. 혼자서 웅웅대는 냉장고가 외롭다. 깜깜한 실내가 으슥하다. 은정은 제 곁에 놓인 마대자루를 물끄러미 바라보았다. 천천히 입구를 벌렸다. 피비린내가 왈칵 쏟아진다. 그 익숙한 냄새를 맡자 무엇을 해야 할지 알 것 같았다.

열 마리의 닭이 튀김이 되어 나란히 놓이는 데는 오래 걸리지 않았다. 몇 개의 닭발에 노란 테이프가 눈에 띌 뿐, 발소리만 듣고도 달려오던 것들이라곤 믿을 수 없었다. 은정의 두 눈에 눈물이 삐죽삐죽 새어나왔다.

닭튀김에 소금을 뿌렸다. 뜨겁고 짜고 바삭한 것. 철우는 그것이 최고라고 했다. 그가 엄지손가락을 치켜 올릴 때 은정의 가슴은 까닭 없이 설렜다. 솜털처럼 떨어지던 소금이 눈송이처럼 쏟아져 하얗게 달라붙었다. 은정은 장갑을 내려놓았다. 두르고 있던 앞치마도 벗어놓았다. 잊은 것이 있는 사람처럼 가게 안을 다시 돌아보았다. 고소한 닭튀김 냄새가 가득한 가게 안이 그저 암암하다. 마지막으로 〈닭 집〉의 알루미늄 간판의 전등을 끄고서, 은정은 맨발로 그 집을 나섰다. 떠나는 마을 곳곳에 텅 빈 닭장들이 을씨년스러운 아가리를 벌리고 있었다. 그 사이로 비린내 나는 바람이 스며들고 또 금세 빠져나갔다.

J의 크리스마스

1

현관문을 열자마자 퀴퀴한 고린내가 풍겨왔다. J는 저도 모르게 눈살을 찌푸린다. 그것은 오랫동안 씻지 않은 묵은 살 내음이기도 했고 환기 한번 없이 들어앉은 노인 특유의 냄새이기도 했다. J는 마른기침을 하며 신발장 위에 생선봉지를 내려놓았다.

－다녀왔어요.

아버지는 대꾸가 없다. 동그마니 웅크린 채 현란한 빛으로 할딱거리는 홈쇼핑에 얼굴을 파묻고 있었다. J는 쪼그리고 앉아 발을 단단히 옥죄고 있는 부츠를 힘껏 잡아당겼다. 겨울의 밤거리에서 얼어붙은 부츠는 쉽사리 벗겨지지 않는다. 바짝 움켜잡은 부츠 밑창에서 지독한 비린내가 풍겨왔다.

–애야 좀 봐라. 저것만 있으면 금방이라는구나.

그가 간신히 부츠를 벗어던졌을 때, 아버지는 막차라도 놓칠 듯이 다급히 외쳤다. 신경질적으로 파드득거리는 백열등 아래에서 맹렬하게 손가락질하는 아버지 손에는 푸른색의 싸구려 각질 제거기가 들려 있었다.

–저걸 촥 하고 뿌리면 각질들이 지렁이 떼처럼 밀려나오는 거란다.

–식사는 하셨어요?

–시간이 얼마 안 남았어. 곧 매진될 거야.

우리의 대화는 입구만 있고 출구가 없는 낯선 터널에 휘말린다. 어머니가 돌아가신 후 늘 이런 식이다. 말에 귀 기울이고 눈을 마주보는 대신 그는 홈쇼핑에 열광했다. 뚜뚜뚜뚜, 아버지가 전화기를 들고 번호를 누른다. J는 냉장고에 생선 봉지를 밀어넣으며, 쇼 호스트의 요란한 외침과 거짓말처럼 벗겨져 흐르는 묵은 각질을 못 본 척했다. 광고가 사실이든 아니든 상관없었다. 중요한 건 아버지 마음에 새겨진 깊은 주름이다. 그것은 J가 차마 살피거나 선불리 위로할 수 없는 문제였다.

오늘도 J는 수백 마리 생선의 배를 따 내장을 후벼내고 소금을 뿌려 봉지에 담았다. 시간대에 따라 호객을 하기도 하고 반짝 세일하는 오징어를 몇 마리씩 양손에 쥐고 흔들기도 했다. 선배의 지시에 따라 냉동 창고를 오가느라 발이 꽁꽁 얼어붙고 귀 끝이 간지러웠지만 누구에게도 호소할 수는 없었다. 연말연시 특수로 명절의 칠십 퍼센트에 육박하는 매출고를 올렸기 때문이다. 매출을 위한 장소, 매출을 위한 인력. 목적을 이룬 이상 나머지는 군더더기였다.

J가 대형마트 생선 코너에서 일하기 시작한 지 반년쯤 되었다. 그 전에는 아무 일도 하지 않고 집에만 틀어박혀 있었다. 사람들은 그를 백수라 불렀지만, 그가 생각하기에 그것은 '직장을 기다리는 사람'이라는 이 시대의 새로운 직업군이었다. 물론 그렇게 되기 전, 그 역시 스물일곱의 건장한 청년이 할 수 있는 일을 최선을 다해 찾았다. 하지만 그가 할 수 있는 일은 매번 그의 욕망과 상충된 것이었다. 결국 J는 '천천히'라는 말을 믿기로 했다. 경제가 좀 더 나아지기를, 자신을 필요로 하는 곳이 나타나

기를. 그 이면에는 링거 방울처럼 적지만 규칙적인 수입이 발생하는 아버지의 구멍가게가 있음을 부정하지 않겠다. 굶어죽지는 않으리라는 알량한 배짱이 있었던 셈이다. 오지 않는 버스를 기다리는 낡은 정류소처럼 꼿꼿하게 가게를 지키던 아버지는 그를 타박하며 취업하기를 종용했다. 누구나 알고 있는 것처럼 동네 구멍가게 같은 건 더 이상 설 자리가 없었다.

그럼에도 J가 삼 년이나 그 생활을 할 수 있었던 건 어머니 덕분이다. 어머니는 평생을 단련된 순종의 습관으로 아들의 선택에 고개를 숙였다. 때론 남편의 잔소리를 막고 사람들의 손가락질을 무시하며 한결같이 삼시세끼 고슬고슬한 밥을 지어 된장찌개나 콩나물국 같은 소박한 찬과 함께 내놓았다. 틈나는 대로 가꾼 밭에서 나는 감자나 고구마 등속은 아들의 용돈이자 요긴한 간식거리였다. 아들이 책을 읽든 게임을 하든 술을 마시든 언제나 마찬가지였다. 수수한 홈웨어나 늘어진 작업복을 입은 채 늘 아들의 뒤에 서 있었다. 방황을 넘어 방종이라 생각했더라도 그랬을 것이다. 어머니에겐 아들의 모든 것이 숭고했다.

배추 모종을 심겠다며 밭을 일구던 어머니가 쓰러진 것은 한여름 삼복더위 속에서였다. 병원에서나마 버틴 것이 겨우 열흘,

한 마디 유언도 없이 세상을 떠났다. 그러나 J가 정작 어리둥절한 것은 어머니의 빈자리가 아니라 아버지의 신경증적인 발작이었다.

—각질…… 이놈의 각질…… 이것들 때문에 잠을 잘 수가 없다.

아버지는 어머니가 쓰셨던 각질 제거기를 어디든 들고 다니며 발바닥을 문지르고 또 문질렀다. 그만 좀 하시라 성화를 내고, 버려도 봤지만 소용없는 일이었다. 어떨 땐 누런 밥을 퍼 담다가 아버지의 발끝에서 떨어져 나온 각질을 발견한 적도 있었다. J는 마침내 집을 나섰다. 억지로 꾸려가던 구멍가게에 폐업 선언을 써 붙이고 대형마트의 모집공고를 좇았다. 온몸에 비린내가 배고 월급도 적었지만, 유리알처럼 투명한 생선들의 눈을 내려다보는 것이 아버지를 마주하는 일보다는 차라리 쉬웠다.

2

따뜻한 물로 몇 번이고 반복해 샤워를 마친 J가 침대 위에 몸을 던졌다. 하루의 피로가 몰려와 온몸으로 퍼진다. 거실에서 들려오는 홈쇼핑의 왁자한 소음도 시나브로 멀어지고 요란하게 창문을 두드리던 겨울바람도 조금씩 잦아들었다. 기분 좋은 나른함이다. 일주일만 지나면 크리스마스라는 생각이 스치듯 떠올랐지만 그런 것은 아무래도 좋았다. 그날도 역시 생선의 배를 따기는 마찬가지일 것이다. 그대로 잠의 나락에 빠질 찰나였다.

오도도독, 하고 낯선 소리가 들려왔다.

J는 잠이 확 달아나는 것을 느꼈다. 사십 년은 족히 넘은 이 오래된 한옥에 쥐나 바퀴벌레의 출몰은 일상이었다. 그러나 언젠가 집으로 숨어든 들쥐에게 물렸던 경험은 일종의 트라우마가 되었다. 그는 발딱 일어나 전깃불을 켰다. 흰 전등불 밑에서도 방 안은 을씨년스럽다. 부모님이 쓰시다 물려준 자개가 다 떨어져나간 낡은 장롱 네 짝, 군데군데 녹이 슨 철제책상, 말라죽은 고무나무 화분…… 청소한 지 오래된 바닥의 마른 분진과 쓸데없이 크기만 한 방 안의 헛헛함이 음울함을 더 했다.

쥐가 안 나오는 게 이상한 일이지, J는 중얼거리며 침대와 장롱, 책상 따위를 되는대로 두들겼다. 그러자 이번에는 와드득 와드득, 성이라도 내듯 분명한 소리가 들렸다. J는 긴장으로 몸이 굳은 채 그 정체를 추측해보았다. 이것은 분명 굉장한 크기다. 들쥐가 맞다면 국내 최대치의 기록이 되리라. 확신컨대 그 위치는 바로 장롱 위였다. 의자를 놓고 장롱 위가 보이도록 발꿈치를 들어 올리는 순간까지, 그는 엄청난 크기의 들쥐나 산짐승의 웅크린 모습을 상상했다. 한옥의 특성상 굵은 대들보가 빗장뼈처럼 가로지르는 천장은 높았고 장롱은 낡았어도 꽤 견고하고 너비의 폭이 컸다. 한두 마리가 아닐 수도 있다. 경우에 따라 무기가 될 수 있도록 J는 백과사전처럼 두꺼운 책까지 움켜쥐고 있었다. 장롱 위엔 묵직한 먼지가 자욱하고 언제 올라갔는지 알 수 없는 잡동사니가 그득했다. 그 안에 배암처럼 몸을 도사리고 있는 것은, 한 '마리'의 낯선 여자였다.

여자가 어째서 자신의 방에, 그것도 장롱 위에 앉아 있는지 이해할 수 없었다. J는 천천히 방을 둘러보았다. 창문이 커다랗기는 하지만 보안망이 되어 있어 마음대로 들락거릴 수는 없다. 방문 밖에는 아버지가 하루 종일 버티고 앉아 홈쇼핑을 보고 있으므로 몰래 들어올 수도 없다. 그렇다면 여자는 어디로 들어온 것일까? J는 다시 여자를 천천히 훑어보았다. 상대가 남자도 아니고 등치까지 유난히 작은 여자인바에야 들고 있던 두꺼운 책도 우스워진다. 여자는 옷이라 하기도 뭐한 초라한 천을 둘러쓰고 덤불 같은 머리를 한데로 묶어 털모자 밑에 쑤셔 넣은 채였다. 마흔 중후반의 거무스레한 얼굴은 제법 깨끗했으나 멋쩍게 마주잡은 양손의 손톱은 더러운 때가 더덕더덕 붙었다. J는 어처구니가 없어서 고개를 흔들었다. 당장에 여자를 끄집어내어 바닥에 내동댕이칠 수도 있고, 경찰을 부를 수도 있다. 지독한 욕설을 퍼부을 수도 있고, 사람에 따라서는 따귀를 한 대 때린다 해도 뭐라 하지 못하리라. 하지만 결국 아무것도 하지 않았다. 의미 없는 짓이다. 집으로 숨어든 산짐승이나 벌레처럼 내쫓으면 그만이었다.

—여기서 뭘 하는 거죠?

의자에서 내려와 담배를 한 개비 꺼내 물며 물었다. 여자는 아무런 대꾸도 없다.

J는 담배 연기를 내뿜기 위해 창문을 열면서, 미니 전기스토브 앞에 발을 갖다 대었다. 마트에서 일을 시작한 후 그는 늘 발

이 시렸다. 쉬는 날 사우나에 가서 몇 시간이고 뜨거운 물에 담그고 있어도 발은 따뜻해지지 않았다. 아버지가 보면 당장에 덤벼들 만큼 각질이 깊이 갈라졌고 곳곳에 티눈도 박혔다. 생선 코너의 선배는 그가 유난한 편이라고 했지만 J는 그것이 망할 냉동 창고 때문이라고 여겼다.

—일단 내려와요.

여전히 장롱 위에서 꿈쩍도 하지 않던 여자가 힐끗 고개를 내밀었다.

—해치지 않을 건가요?

굵고 또렷한 목소리는 두려움도 없이 당당하다. J는 위쪽을 올려다보았다. 여자의 턱 밑으로 세월만큼 흐무러진 먼지 덩어리가 달랑거렸다.

—내려올 때 바닥이 쓸리지 않게 조심해줘요. 먼지를 덮고 싶진 않으니까.

장롱 바로 밑은 J의 침대였다. 여자는 다람쥐처럼 종종거리며 장롱 끝까지 기어오더니 놀랄 만큼 가볍게 뛰어내렸다. 자락 끝마다 번들번들한 얼룩이 들러붙은 옷에서 묵은 냄새가 역하게 밀려왔다.

—안 들킬 수 있었는데, 이것 때문에…….

맞은 편 의자에 걸터앉은 여자가 주머니에서 꺼낸 것은 생쥐였다. 그는 깜짝 놀라 몸을 뒤로 당겼다.

—햄스터예요. 이렇게 추운 날 누가 우리째 버려두었지 뭐예요.

여자는 다른 주머니에서 호두나 땅콩, 당근 따위가 섞인 비닐봉지를 꺼내 손바닥에 쏟았다. 햄스터가 그것들을 오도독오도독 맛있게 갉아 먹는다. 여자는 흡족한 얼굴로 등을 쓰다듬었다.

—안 들킬 수 있었다니. 대체 얼마나 있었던 거예요?

—보름쯤?

너무 기가 차니 화도 나지 않았다. 만약 저 햄스터가 요란한 소리를 내지 않았다면 몇 달이고 장롱 위에 여자를 짊어지고 있었을 것이다. 밖에서는 아버지가 홈쇼핑 채널을 돌리며 온갖 것을 사들이고 자신의 발끝엔 날마다 딱딱한 각질과 티눈이 생겨나는데, 어머니의 골분은 풀풀 날아 야산을 너울거리고 장롱 위에는 낯선 여자와 버려진 햄스터가 살고 있다.

J는 하릴없이 웃고 말았다. 여자가 염치도 없이 누런 이를 드러내며 따라 웃었다. 햄스터가 당근 조각을 입에 문 채 눈을 크

게 떴다. 여자는 웃음 사이사이 스스럼없이 말을 섞었다. 그의 집이 일곱 번째 집이라고 했다. 어떤 집에서는 일 년을 넘게 살았다고. 장롱 위에 숨어 있다 주인이 외출하면 내려와 화장실도 가고 주방도 가고 무릉도원이란다.

–뭣 때문에 그런 곳에 사는 거죠?

여자는 대답 대신 손가락을 목 쪽으로 쑤셔 넣어 벅벅 긁었다.

–처음엔 거리에서 지냈는데 누가 알려주더라고요. 이곳이야말로 최적이라고.

최적이라니. 이런 때에 과연 최적이란 표현이 어울리는 것일까.

–퍽들 무책임하군요. 무전취식을 서로 추천까지 하다니.

–그래도 피해는 주지 않아요. 먹는 것은 밖에서 해결하니까.

여자의 부끄럼 없는 태도에 J는 싸늘하게 대꾸했다.

–존재 자체가 피해라고요.

–발각될 때까지는 존재 자체가 없으니 상관없잖아요.

어긋난 부부처럼 말싸움을 하던 둘은 서로를 노려보았다.

–참 뻔뻔하네요.

–좀 너그러워지세요.

당장이라도 여자를 내쫓고 싶었다. 무례하고 무책임하기 그지 없다. J는 담배를 한 개비 다 피울 때까지 여자를 노려보았다.

하지만 결국 그러지 못했다. 여자의 발이 쭈뼛쭈뼛 움직여 미니 스토브 쪽으로 향하는 것을 보았기 때문이다. 낡은 양말 사이로 삐져나와 있는 여자의 발꿈치는 오래된 바게트처럼 딱딱하게 갈라져 있었다. 키 높이 구두도 필요 없을 만큼 두툼한 각질이었다. 그런 발을 어머니에게서도 보았다.

어머니가 쓰러져 있던 열흘 동안 J는 병실을 지켰다. 아버지는 한껏 목청을 높여 어머니를 불러대고 흐느끼며 친인척과 통화를 하는 등 호들갑을 떨었지만, 정작 어머니의 기저귀를 갈아준다거나 젖은 머리칼을 쓰다듬어주지는 않았다. J는 아침에 일어나면 바로 병실로 향했고 종일토록 질리지도 않고 어머니를 바라보았다. 간호사가 몸을 닦아줄 때는 거들어 몸을 부축했고 기저귀를 갈 때는 기꺼이 일을 도왔다. J가 특출 난 효자는 아니었다. 어머니에게 남은 시간이 짧았으므로 될 수 있는 한 자신의 시간을 나누고 싶은 단순한 생각이었다. 열흘 뒤 어머니는 숨을 거두었다. 거죽뿐인 시신이 이동침대에 삐걱삐걱 실려 갈 때, J는 보았다. 새하얀 덮개 아래 천사의 날개처럼 삐죽 솟아나온 어머니의 두 발을. 그 발끝엔 산호 같은 각질 덩어리가 가득 피어 있었다.

J는 여자의 부탁대로 얼마간의 말미를 주기로 했다. 다른 집을 찾을 때까지 기다려주기로 한 것이다.

–이게 무슨 셋방도 아니고, 약속이나 꼭 지켜서 나가요.

여자는 햄스터도 적당한 사람에게 맡기고 절대 그에게 거슬릴만한 행동을 하지 않겠다고 했다. 그리곤 표표히 장롱 위로 기어 올라가 햄스터와 함께 꼼짝도 하지 않았다. 하지만 가장 큰 문제는 여전히 남아 있었다. 장롱 위에 무언가 있다는 이물감이었다. J는 냉정하지 못한 자신의 행동을 후회했으나 한번 뱉은 말을 취소할 수는 없었다.

3

다음 날 J는 일찌감치 출근하기 위해 일어났다. 장롱 위 여자는 이미 없었다.

샤워를 마친 그는 커다란 프라이팬에 생선을 구웠다. 아버지의 세 끼니를 위한 세 마리의 고등어구이였다. 늦게까지 홈쇼핑을 시청한 아버지는 아직 기상하지 않았다. 곧 일어나 홈쇼핑 채널을 보며 고등어를 반찬으로 식사할 것이다. 매일 고등어, 꽁치, 삼치, 조기 같이 생선만 반찬으로 올려도 불만은 없었다. 아버지의 입속에서 씹히고 찢겨져 식도로 빨려 들어가는 것은 음식이 아니라 그저 습관이었다. 같은 시간, 같은 양의 식사를 하고 같은 칫솔질과 같은 속옷을 갈아입는다. 그것을 가능케 해준 어머니가 없는 대신 아들이 있을 뿐이다. J는 신발장 앞에 쪼그리고 앉아 부츠 속으로 발을 밀어 넣었다. 똑같은 하루가 시작되었다. 장롱 위에 여자가 살고 있다는 걸 알았을 뿐.

비닐로 된 앞치마를 하고서 바닥 청소를 하고 있을 때, 누군가 문을 두드렸다. 정육 코너의 김이었다.

–먹을래요?

토스트였다. 식품 코너에서 남은 빵으로 만들어서 나눠먹는 것을 본 적이 있다. J는 허기를 느끼면서도 고개를 흔들었다. 걸레를 양동이에 넣어 철퍽철퍽 헹군다.

–오빠는 이럴 때보면 참 답답해요. 그냥 먹으면 될 걸.

J는 스스럼없이 오빠라 부르는 김을 빤히 바라보았다. 유난히 까만 머리칼 속의 얼굴은 자그마하고 붉어진 양 볼엔 수줍은 교태가 흘렀다. 스물세 살…… 네 살쯤 되었을까. 가끔 담배 피우는 직원들이 김에 대해 이야기할 때가 있었다. 주로 그녀의 예쁘장한 얼굴과 글래머스한 몸매에 대해서였다.

–선배라고 불러요. 그거 불편해서요.

김이 복숭아처럼 뽀얀 얼굴을 가볍게 숙여보였다.

–알겠어요. 앞으로는 선배님으로 잘 알아 모실게요. 아무튼 이건 드세요. 일부러 만든 거예요.

김은 접시를 선반 위에 올려두고 나간다. J는 나머지 청소를 끝내고나서 잠시 망설이다 토스트를 집어 들었다. 아무것도 떠오르지 않기를 바라며 빵을 한 입 베어 물었을 때, 어쩔 수 없이 밥 위에 떨어진 아버지의 각질과 침대 위의 조가비 같던 어머니의 발을 떠올리고 만다.

J는 늘 식사시간이 고역스러웠다. 토스트를 간신히 씹어 삼키며, 그는 최대한 김의 복숭아 같은 얼굴과 까맣고 매끄러운

머리칼을 떠올리기로 한다. 김의 작지만 또렷한 눈매와 귀엽게 들려진 콧날과 펭귄처럼 부푼 작은 입술…… 유니폼 위로 솟은 봉긋한 가슴…….

그런데 이번엔 촘촘한 먼지를 스팽글처럼 매달고 있던 장롱 위의 여자가 떠오른다. 그 쭈뼛거리던 발끝이 떠오른다. J는 토스트를 거의 남겼다. 하룻밤을 꼬박 달려 도착한 맥 빠진 생선들의 배를 따는 일이, 식욕을 채우는 쪽보다는 덜 거북스러웠다.

퇴근길에 J는 뒤따라오는 인기척에 발걸음을 멈추었다. 생선 일을 시작한 후로 샤워를 하기 전까지 누군가와 가까이 있는 것을 견디지 못한다. 뒤따르는 사람이 김이라는 것을 알았지만 그녀 역시 마찬가지였다. 한껏 거리를 둔 채 J가 말했다.

-무슨 일이죠?

김이 앙증맞은 입술로 싱긋 웃었다.

-할 말이 있어요.

한 걸음 다가오려는 것을 손짓으로 막아 세웠다.

-거기서 해요. 그 자리에서.

-여기에서요?

두 사람 사이에는 열 걸음 정도의 거리가 있었다. 그 사이로 눈도 섞이지 않은 매서운 바람이 사이렌처럼 왱왱 맴돌았다.

–너무 멀어요.

김이 안타까운 얼굴로 말했지만, J는 고개를 흔들었다. 조금만 더 다가와도 자신의 지독한 생선 냄새가 그 귀여운 콧날을 찡그리게 할 것이다.

–고약한 성미네요. 그냥 술이나 한 잔 하자는 건데.

J는 새카만 눈썹을 잔뜩 찌푸렸다.

–우리 둘이 말예요?

–우리 둘이요.

J는 본능적으로 김의 봉긋 솟은 가슴을 떠올린다. 술잔을 기울이며 수줍게 웃는 평범한 남녀의 모습과 탁자 위의 맛깔스런 안주 같은 것도 떠올린다. 얼큰하게 취하고 나면, 조금 더 특별한 사이가 될 수도 있을 것이고 잠시나마 부모의 허연 각질뿐인 가난한 유산을 잊을 수도 있으리라. 하지만 그러기에 J는 너무 지쳐 있었고 시든 배추나 말린 노가리처럼 철저히 무욕적이었다.

–기다리는 사람이 있어요. 따라오지 말아요.

김은 화가 났는지 말도 없이 뒤돌아 가버린다. J는 텅 빈 거리를 한참 바라보았다.

4

집에 돌아오자, 시척지근한 노린내와 지긋지긋한 각질 제거기가 기다리고 있다.

―다녀왔습니다.

―얘, 저것만 있으면 발의 모든 피로가 풀린다는데…….

아버지는 이제 새로 나온 족욕기에 흥분하고 있었다.

J는 다른 날보다 더 박박 문질러 씻은 후 침대에 철퍼덕 드러누웠다. 거리에선 아득한 캐럴송이 흘러들고, 지나는 행인의 와하하 시원한 웃음소리도 퍼졌다. 그것도 곧 아스라이 사라지고 자신에게는 지루하고 노곤한 잠만 들러붙을 것이다.

그는 또 하루가 지났음을 믿을 수 없었다. 어머니의 골분을 뿌린 날로부터 늘 똑같은 날이다. 딱딱하게 굳어가는 화석처럼, 자신도 이 오래된 한옥 속 한 장의 기와가 되어가는 기분이었다. 김을 따라 술이라도 마시러 갔어야 했을까. J는 자신이 조금 더 생기를 찾아야 한다는 걸 안다. 하지만 생각뿐이었다. 몸은 한없이 더 고된 일을 찾고 그만큼의 휴식을 원했다. 그 뒤의 밤은 늘 이렇다. 홈쇼핑의 소요와 아버지의 발작 속에 끔찍하게 찾아오는 고독. 그는 습관처럼 밭은기침을 했다.

–어디 아파?

불쑥 들려온 말에 J는 깜짝 놀라 고개를 들었다.

–미안. 방해하지 않기로 했는데…….

멋대로 말을 놓은 여자가 장롱 위에서 내려다보고 있었다. 어쩌자고 저 여자를 잊고 있었을까, J는 기가 찬 마음으로 벽에 기대어 앉았다.

–또 언제 들어온 거예요?

–그건 사업상 비밀이고, 혹시 감기인가 해서 이것 좀 주려고…….

여자가 무언가를 던졌다. 작은 비닐에 든 말린 유자였다.

–약보다 그게 좋아. 그걸 오징어처럼 씹어 먹으면 되는 거야.

J는 위생 상태를 믿을 수 없어 께름칙한 얼굴을 했다.

–그건 깨끗해. 다른 건 몰라도 말린 과일과 야채는 철저히 관리하거든.

—이런 걸 가지고 다니는 노숙자가 있다니 해외토픽 감이네요.

새콤한 맛도 느껴지지 않는 유자를 씹으며 J가 건조하게 말했다.

—그렇지만도 않아. 꽤 유용한 방법이라 선배에게 배운 거거든.

—선배라니…… 그 세계에도 선배가 있나요?

—무시하지 마. 우리도 족보 있는 사람들이야. 나로 말하자면, IMF 족보고.

—IMF?

—어떤 일을 계기로 거리로 나왔느냐에 따라 족보가 달라지는데, 나는 그때 나왔거든.

—왜요?

—며칠 간 여기 있으려면 그런 것도 얘기해야 하나?

—꼭 그런 건 아니에요.

—여긴 정말 추워. 자기 침대는 따뜻해?

J는 대답 없이 유자를 몇 개 더 집어먹고 봉지를 장롱 위로 던졌다. 여자가 그것을 소중히 받아 안쪽 주머니에 깊숙이 집어넣었다.

-참, 햄스터는 적당한 사람에게 맡겼으니 걱정하지 마.

녀석에게 미안한 생각도 들었으나, 어딜 가든 먼지투성이 장롱보다는 나을 것이다.

-그럼 전 자야겠어요.

-그래, 잘 자.

불을 끄자 모든 것은 고요 속에 갇히고 썰렁한 추위만 남았다. 외풍이 심한 집이었다. J는 잠시 망설이다 스토브를 의자에 올려 장롱 위로 향하게 했다. 어슴푸레한 붉은빛이 잔뜩 웅크린 여자의 등을 비췄다. 낡은 석상처럼 단단하고 고독해 보이는 자그만 등이었다.

5

며칠 후, 한동안 유통 문제로 투덜거리던 팀장이 J를 불렀다. 마트 트럭으로 주문진항에 다녀오란다.

-주문진이요?

-그래, 선업유통 사장하고 담판을 지어야겠어. 전화로만 하

니 답이 없네.

J는 선선히 고개를 끄덕였다. 그 수많은 생선들이 어디에서 오는지 봐두는 것도 나쁘지 않았다.

–혹시 누구 동행할 사람 있으면 같이 가고.

뒤돌아서는 J에게 팀장이 히죽 웃으며 덧붙였다. 화물트럭에 애인을 태우고 다닌다는 우스갯소리를 떠올리고 한 말이리라. J는 트럭을 몰아 집에 들렀다. 매일 집에만 있는 아버지가 바람이라도 쐬면 좀 나으리란 기대에서였다. 그러나 그는 이야기를 듣자마자 역정을 내었다.

–네놈이 우리 집을 말아먹은 곳에서 일하더니, 이젠 나까지 끌어들이려는 게냐? 너나 가거라. 난 이놈의 근질근질한 각질이나 벗길란다.

그 정도의 정성이면 아기 엉덩이처럼 매끄러워야 할 아버지의 뒤꿈치는 여전히 지저분하고 거칠었다. J는 진저리를 내며 돌아섰다.

–노망난 노인네 같으니! 그럼 가게 망한 것도, 엄마가 죽은 것도 마트 때문이란 거야?

–자기도 꽤 거친 면이 있었네.

말참견을 하며 어깨 위로 튀어 나온 여자의 얼굴에 J가 브레이크를 꽉 밟았다.

–대체 거기서 뭐하는 거야?

–아버지 안 가신다잖아. 가자구.

여자가 태연하게 자리를 옮겨 조수석에 양반다리를 하고 앉았다.

–내려, 당장.

–같이 갈 사람도 없잖아. 내가 가줄게. 주문진이라면 잘 알아.

–내리라고 했잖아.

–출발해, 벌써 열 시야. 늦어도 네 시까지는 도착해야 제대로 구경 좀 하지.

결국 J는 여자와 고속도로를 달렸다. 가는 길에 휴게소엔 두 번, 톨게이트는 세 번 정도 지났으나 여자는 밥 먹을 때만 빼고 내내 잠을 잤다. 그런 여자를 어이없이 보던 J는 어쩌면 장롱 위에서 잠을 잔 게 아니라 그저 밤을 견뎌온 것일지도 모른다는 생각을 한다. 사나운 밤을 피해 잠시 쉬어가는 것이라고. 그런 고단한 삶이, 어떤 면에선 자신과 닮기도 했다.

–밤에 잠 안자고 뭐해?

잠시 깨어나 저린 다리를 주무르던 여자가 주름진 양 볼을 접으며 답했다.

–야한 생각.

J는 피식 웃었다. 여자도 웃다가 슬쩍 그의 담배 한 개비를 입에 물었다.

–이래도 무전취식이 아니야?

–담배는 재산이 아니라 정인걸 모르나? 우리 세계에서도 이건 안 아껴.

차가 주문진항 가까이 들어서자, 길이 제법 밀렸다. 여자는 담배를 한 개비 더 피웠다.

–나 실은 여기에 살았어.

밀리는 도로를 지루하게 바라보던 J가 새삼 주변을 둘러보았다.

–여기가 고향이라구. 결혼하고 애도 낳았지. 사업도 잘되고, 꽤나 살만했는데.

여자의 말이 끝나기 무섭게 옆 차선에서 고급 외제차가 그의 차 쪽으로 위협적으로 끼어들었다.

–아, 저 상놈의 새끼……

—상놈?

여자는 뭐가 우스운지 깔깔거리다가 담뱃재까지 흘렸다.

—왜 웃어?

—그거 아니? 너 꼭 타조 알 같아.

—타조 알?

—그 안에 네가 있어. 공예품이라도 만들 수 있을 만큼 딱딱한 껍질 속에.

—미친 소리.

J는 카랑하게 내뱉으면서도 잔가시에 찔린 새처럼 몸을 떨었다. 그는 스스로 서는 법을 모른다. 누군가를 사랑하는 법조차.

—자, 가보자. 오랜만에 놈들 좀 만나볼까. 내가 안내할게.

여자가 창문을 열어젖히고 큰 소리로 말했다. 주문진항을 가리키는 표지판 너머 갈매기들이 끼룩대며 날고 있었다.

6

부두를 둘러싼 생선좌판과 각종 노점은, 총천연색의 생명력과 처연한 죽음이 서럽게 뒤엉킨 천국이자 지옥의 원판 그대로였다. J는 여자를 따라 밀복이니 도루묵이니 하는 제철 생선들과 대왕문어나 산오징어 같은 것들을 구경했다. 수백 마리씩 아무렇게나 바닥에 펼쳐진 생선들이 제각기의 사연을 가지고 파닥거렸지만, 그중에 살아남을 수 있는 놈들은 없었다. 그런 생각을 해서인지 놈들의 눈동자가 생선 코너에 건너온 것들과는 달라 보였다. 마트의 것들이 물건이나 마찬가지인 사물死物이라면, 요놈들은 아직은 스스로의 존엄과 저들의 무리로 되돌아가고자 하는 본능으로 가득한 생명 그 자체였다.

– 순리니까 너무 슬퍼마. 먹고 먹히는 거지, 서로들.

조문이라도 하듯 묵묵히 생선을 바라보고 있는 J에게 여자가 가볍게 말했다. 그리고는 여기저기 쏘다니며 아는 사람을 만나 지인들의 근황을 묻고 있었다. J는 여자가 손에 쥐여준 새우튀김을 하나씩 집어먹으며 근처 돌부리 위에 앉아 여자의 그림자를 뒤쫓았다. 장롱 위에 석상처럼 웅크리고 있던 여자가 맞는지, 의아한 생각이 들었다. 바다로부터 충전된 에너지가 여자의 머리끝까지 차올라 생기가 분수처럼 뿜어지는 듯하다.

J는 한 노파에게 다가가 살아 있는 밀복을 삼만 원어치 샀다.

회를 떠주겠다는 제안에 고개를 흔들고 검은 봉지 한 가득 담아 든다. 놈들의 펄떡거리는 움직임을 손끝으로 생생히 느끼며 부둣가로 나갔다. 습습하고 찝찔한 바람이 연신 불어왔다. 정박해 놓은 선박들은 줄지어 이마를 맞대고 있었다. 놈들에게 저 배는 또 얼마나 경악스러운 공포일까. 그러나 무엇보다도 잔혹한 일은, 모든 것을 망각한 채 한두 끼리의 반찬이 되어 도마에 오르는 일일 것이다.

J는 바다보다 더 바다 같은 푸르른 하늘 위로 비닐봉지를 치켜들었다. 파다닥! 봉지를 벗어난 놈들이 우리를 벗어난 새처럼 재빠르게 바닷물 속으로 입수한다. 그리곤 얼마간 같은 자리를 뱅뱅 돌다가 깊은 바닷속으로 사라졌다.

7

유통업체 사장을 만나 일을 처리한 후, J는 여자를 태우고 돌아왔다. 주문진에 남지 않을까 생각했으나 여자는 장롱 위로 돌아가기를 원했다. 이유를 묻지는 않았다. 스스로 죽은 듯 살고

자 하는 데는 그만한 이유가 있으리라.

–마른 오징어라도 사올걸 그랬다. 아버지 드리게.

여자가 장롱으로 기어 올라가며 중얼거렸다.

–당신이 그런 것까지 챙길 입장이야?

J의 핀잔에 여자는 키득키득 웃었다. 죽어 있는 건 싫다. 광포한 바람에 말라비틀어진 몰골은 더군다나. J는 그렇게 생각했다.

–내일이 벌써 또 크리스마스네.

여자는 앳된 소녀처럼 그리운 목소리로 말하고는 이내 잠잠해졌다. 크리스마스, J는 그 말을 파닥파닥 뛰는 물고기처럼 싱그럽게 느꼈다. 내일도 생선의 배를 갈라야 한다는 것이 새삼 잔인하게 느껴진다.

아침, J는 빈 장롱을 한 번 바라보고 침대에서 일어났다. 거실로 나가자 아버지가 소파에 웅크리고 잠들어 있다. 발끝을 보니 한 번도 손대지 않은 듯 지독하게 거친 각질이 나이테처럼 들러붙어 있다. 아버지가 쥐고 있던 것은 각질 제거기가 아니라, 그저 어머니의 흔적이었을까.

곤히 잠든 아버지를 바라보던 그는 문득 햄스터를 생각했다.

잠시 쉬어간 여자의 품 따위는 벌써 잊었겠지만, 그 품이 없었다면 햄스터는 와들와들 떨며 거리에서 죽고 말았을 것이다. 사체도 거리에서 아주 오랫동안 천천히 증발되었겠지.

아버지의 방문을 슬그머니 열어본다. 어머니가 돌아가시고 제대로 둘러본 적도 없었다. 그토록 반질반질하게 빛나던 가구들은 먼지를 뒤집어썼고, 콩기름을 먹여 길들였던 노란 방바닥은 잿빛으로 바랬다. 한쪽 벽면은 아버지가 사들인 포장도 뜯지 않은 수많은 홈쇼핑 상품들이 빼곡했다.

구멍가게의 물건들은 유난히도 다양하고 불확정했다. 사람들이 필요할만한 건 무엇이든 들였고 팔리지 않아 먼지를 뒤집어쓰더라도 치우는 법이 없었다. 그런 물건을 누군가는 꼭 찾았다. 개수나 배열도 제각각이어서 들쑥날쑥 아무렇게나 진열된 것 같으면서도 아버지에게만은 어디에 무엇이 있는지 정확했던 곳. J에게 가게는 커다란 마술 상자였고 신세계였다. 이제 그 자리엔 홈쇼핑 물건들이 규격화된 박스로 착착 쌓여 그렇게도 큰 산을 이루고 있었다. 쓰임이라는 구체적 용도 없이 그저 무덤처럼 잠들어 있는 물건. 주변 어디에나 사물死物이 있다. J는 울적하게 쪼그려 앉았다. 아버지의 몰락은 그의 잘못이 아니다.

J는 출근하지 않기로 했다. 아버지가 사들였던 족욕기를 꺼내 뜨거운 물을 채우고 두 발을 담갔다. 보글거리는 촉감이 따끔거리면서도 기분 좋았다. 팀장의 전화가 몇 번이고 울렸지만 받지 않았다. 뜨거운 물에 발을 담근 채 어머니가 돌아가시고 얼마나 시간이 흘렀는지를 헤아렸다. 오랜 세월 같으면서도 고작 반년이었다. 모든 것이 너무나 빠르게 변해버렸다. 단지 어머니의 빈자리만으로.

한참 후 물에서 꺼낸 발꿈치가 퉁퉁 부어올라 오징어 껍질처럼 투명하다. 아버지가 구입한 각질 제거제를 뿌린다. 쓱쓱 손가락 끝으로만 밀어도 돌돌 말린 스타킹처럼 길쭉한 때가 벗겨진다. 짜릿한 쾌감이 온몸에 흘렀다. 각질제거기를 들이댄다. 딱딱한 껍질을 벗겨내고 벗겨내 아기처럼 뽀오얀 살을 드러냈을 때는, 차마 말할 수 없는 황홀경에 이른 것 같았다.

이번엔 잠든 아버지의 발에 뜨거운 수건을 올렸다. 불어난 각질을 정성스레 벗겨낸다. 조금도 더럽지 않았다. 오히려 가슴 한편을 긁는 것처럼 아프기도 하고 갓난아기의 발처럼 사랑스럽기도 했다.

아버지는 여전히 잠들어 있었다. 미루어둔 잠이라도 자는 것처럼 깊고 고른 잠이었다. J는 아버지의 양 발에 들러붙어 있던 신산한 삶의 더께를 긁어내며, 어머니의 발끝에 남아 있던 산호 같은 삶의 응어리가 녹아내리는 것을 느꼈다.

차마 살아갈 수 없었던 것은 바로 그 후회 때문이었다. J는 참고 참았던 눈물을 흘렸다. 오래 고여 있던 밀도 높은 눈물이 끈끈하게 양 볼을 적셨다. 아버지가 눈을 떴다. 무슨 영문인지 몰라 멍하니 아들을 바라보다가 자신의 매끄러운 발을 내려다 보며 간신히 한 마디를 꺼냈다.

—네 엄마, 평생 각질 때문에 고생했는데…… 진즉에 살 것을…….

크리스마스의 정오, J는 구멍가게를 다시 열기로 작정하고 대청소를 시작했다. 먼지와 곰팡내가 귀물스럽게도 솟아올랐다. J는 그러한 오물의 끈기조차 처음 보는 것처럼 존경스러웠다. 한참 만에 청소를 마치고 바깥으로 나오니 장롱 위 여자가 맞은편 길에 서 있다. 여자는 세월만큼 제 몸에 쌓인 먼지를 탈탈 털어내고 있었다.

화려한 장례

1

아버지의 얼굴은 몹시 상해 있었다. 팽팽하던 구릿빛 얼굴은 바람 빠진 풍선처럼 쭈그러들고, 박달나무 수피처럼 단단하던 몸은 녹아버린 아이스크림 같았다. 주름진 이마가 갈매기 날개처럼 넓어졌고 한두 군데 검버섯도 피었다. 쌍꺼풀 진 큰 두 눈을 쏘아보듯 치켜떴는데 흰자위가 봉숭아 물든 손톱처럼 붉었다.

—현수냐?

쇠 톱날을 갈듯 카랑카랑한 목소리, 오랜만의 만남에도 그것만은 변함이 없었다. 그는 폐지 뭉치를 들고 지하 계단에 서 있었다. 좁은 마당엔 온갖 고물이 지천이다. 깨진 텔레비전, 녹슨 철망, 고장 난 주전자, 바람 빠진 고무 타이어, 자전거 휠, 부서진 전화기, 차곡차곡 쌓은 폐지 더미…… 도심의 주인 잃은 쓰레기들이 모두 모인 것 같았다.

—여긴 웬일로…….

박스를 곱게 펴 반듯하게 묶은 뭉치를 던져놓으며, 그는 혼잣말처럼 웅얼거렸다. 풀썩 떨어진 짐의 무게가 곰팡내와 함께 서글프게 피어오른다. 붉은 목장갑을 벗으며 그가 손을 내밀었다. 악수라니, 현수는 저도 모르게 허리를 곧추세운다. 엎드려 절을 올릴망정 부자간에 악수를 나누는 법은 없다. 그의 얼굴을 외면하며 뒤로 물러선다.

—어머니 문제로 왔어요. 여긴 너무 번잡하니 밖으로 나가죠.

—여기서 얘기해도 된다. 들어가도 좋고…….

—아뇨. 나가서 하죠.

제대한 직후였던가. 그때도 아버지는 청년이 다 돼서 찾아온 아들을 기꺼이 안으로 들였다. 마음 한 구석 슬그머니 일어나던 구차한 기대들. 그러나 그곳은 여전히 거센 고통의 풍랑이 넘실거렸고 등불 한 점 없이 캄캄했다.

딸아이를 찾습니다. 연락주신 분에게 후사.

1995년 9월 18일, 아침 7시 경 등교하기 위해 나간 후 실종.

남색 바지의 교복차림, 붉은 안경테, 단발머리, 흰 운동화.

키 155㎝ 마른 편, 얼굴은 뾰족하고 왼 볼에 또렷한 점.

좁은 집 안을 가득채운 전단지와 벽보가 소리 없는 비명을 지르고, 전국을 떠돌던 짐 가방이나 구멍 난 신발이 나뒹구는 곳. 액자에 담긴 누나의 사진과 상장이 우울한 시선을 보내고, 구슬픈 호소문과 피켓까지 고이 보관되어 있는 곳. 누나가 신던 실내화, 자물쇠를 채운 일기장, 입이 벌어진 안경집, 뜯어진 단추, 좋아하던 과자봉지……. 어제 집을 나간 딸을 기다리기라도 하듯 모든 것이 그대로였다. 아버지는 매일같이 반복된 날을 살고 있었다. 세월이 거듭 흐른다 해도 마찬가지일 것이다. 현수는 끝없는 고통이 반복되는 그 무간지옥에 다시는 돌아가지 않기로 했다.

2

안전하다는 것은 불안정한 명제이며 평온하다는 것은 좀처럼 얻기 힘든 기적이다. 우리는 그 사실을 매일 잊고 산다.

누나가 사라진 것은 더위가 꺾이던 초가을의 아침이었다. 버뮤다의 삼각지대나 사차원의 문이 있기라도 한 것처럼 누나는 등굣길의 다리 위에서 사라져버렸다. 다리 입구에서 매점 아주머니가 마지막으로 목격했고, 반대편에서 기다리던 친구에게는 나타나지 않았다. 다리는 십 분 거리의 일직선 교량이었다. 경찰은 수심 이 미터 가량의 얕은 천을 수차례 뒤졌고 혹시나 하여 인근의 병원, 학교, 상가 등을 탐문했으나 헛수고였다. 마지막 남은 가능성은 다리를 지나던 차량에 탑승했다는 가설뿐이다. 아버지는 그 가설을 견딜 수 없어했고 자의로는 그랬을 리가 없으니 납치가 분명하다고 주장했다. 납치라 해도 누나를 찾는 일은 쉽지 않았다. 당시의 시시티브이 보급률은 매우 저조했고, 있다 해도 화질이 흐려 번호판 식별이 불가능했다.

누나는 성실히 학교생활을 하는 모범생이었다. 눈은 조금 나빴지만 환절기에도 감기 한 번 걸리는 법 없이 건강했다. 얼굴은 뾰족하고 관자놀이 근처에는 양쪽 모두 약간의 주근깨가 앉았다. 왼 볼에 눈에 띄는 점이 하나 있을 뿐 그 밖의 특징이랄 것은 없었다. 어디에서나 볼 수 있는 평범한 여중생이었다.

가출일 확률이 높다는 경찰의 수사는 진척될 줄을 몰랐다. 여중생의 변덕이라면 질릴 만큼 질린 언론사들도 관심을 갖지 않았다. 작은 소도시에서 일어난 여중생의 실종은 그렇게 잊혔다. 오직 잊지 못하는 것은 딸을 잃은 가족뿐이었다.

누나가 실종되었을 때, 현수는 열 살의 어린 소년이었다. 하루, 이틀…… 일주일, 한 달…… 돌아오지 않는 누나를 기다리는 동안, 아이는 더 이상 아이가 아니었고 순식간에 네댓 살은 더 먹은 소년이 되어야 했다. 아버지와 어머니는 뉴스 앞에 도사리고 앉아 각종 강력사건과 범죄에 누나를 연관 지었고, 경찰들의 무능함과 여유를 비난했으며 세상의 방관을 저주했다. 하루에도 몇 번씩 집을 뛰쳐나가 거리를 헤매고 경찰서를 뒤졌다. 두 사람은 일 분 일 초도 침착할 수가 없었다. 먹지도 마시지도, 잠을 이루지도 못했다. 두 달여 만에 집 안은 폐가처럼 을씨년스러워지고 부모는 서로를 원망하며 싸웠다.

사건은 느리게만 흘러갔다. 형사들은 간혹 찾아와 누나 일을 꼬치꼬치 캐물었고, 현수만 따로 불러 추궁하기도 했다. 마침내 그들은 몇 가지의 사유를 찾아냈다. 누나의 일기장에 남겨진 부모의 잦은 싸움이라든가 친구들과의 사소한 시비와 오해 같은 것들이다. 그들은 누나의 실종을 가정불화와 교우 문제에 의한 가출로 정리했다.

현수는 차라리 마음이 편했다. 모든 것이 예전과 같아지기를 바랐다. 아침에 일어나면 어머니가 아침상을 차려주고 밤이 되면 포근한 이부자리에 드는 평범한 일상이 너무도 그리웠다. 그때만 해도 현수는 알지 못했다. 그런 삶은 이미 어디에도 없다는 것을. 그것은 누나와 함께 이 세상에서 완벽히 사라져버렸다.

아버지는 곧 회사를 그만두었다. 그에게 딸을 찾는 것보다 중요한 일은 없었다. 딸의 사진과 실종 내용, 사례금 등을 빼곡히 적어 넣은 전단지를 제작하고, 목에 걸 수 있는 피켓도 만들었다. 큰 캠핑용 가방을 사서 간단히 노숙할 준비를 하고 등산용 모자를 깊게 눌러쓴 후 먼 길을 떠났다.

—학교 잘 다니고 있어라. 엄마 말씀 잘 듣고.

그는 집을 떠나며 아들에게 일렀다. 현수는 그 말을 지키려 애썼다. 첫 번째는 지키기가 쉬웠지만 두 번째는 갈수록 어렵게 되었다.

어머니는 무신론자였다. 하지만 누나가 사라진 후 교회, 성당, 절…… 신이 있는 곳이라면 어디든 달려갔다. 간절히 기도하는 어머니의 모습이 처음에는 신성해보였다. 현수도 곁에 앉아 기도했다. 누나가 돌아오기를, 모든 것이 원래대로 돌아가기를. 두 사람의 정결한 기도가 그런 기적을 이룰지도 모른다고 은근히 기대했다.

그러나 어머니의 기도는 날로 변질되었다. 울며 매달리다가 발악하며 저주했다. 반드시 돌아오리라 확신하다가 별안간 이미 죽은 거라고 통곡했다. 귀한 아들이라고 숨 막히게 끌어안다가 버럭 내치며 네 탓이라고 질책했다. 어머니의 변덕을 받아들이기가 쉽지 않았다. 현수는 차차 마음으로부터 어머니에게서 멀어졌다.

아침마다 현수는 혼자 일어나 물 한 잔을 마시고 등교했다. 하교 후에는 친구 집에서 놀다가 해가 지고야 돌아왔다. 어머니는 전깃불도 없이 텔레비전이 발하는 푸른빛 속에 앉아 곧잘 울었다. 현수는 라면을 끓이거나 식은 밥을 물에 말아 끼니를 때웠다. 등치 좋던 몸이 시나브로 말라갔다. 학교에 내야 하는 공과금이 미납되고 준비물은 늘 빈손이었다. 계절이 바뀌어도 변할 줄 모르는 아이의 얇은 옷은 김칫국물이나 크레용이 묻어 더러웠다. 제법 너그럽게 현수를 대하던 선생님과 친구들이 조금씩 차가워지는 것을, 아이가 먼저 알았다.

—누나가 죽어버렸으면 좋겠어!

어느 저녁, 벌레처럼 몸을 웅크리고 누운 어머니를 향해 소리쳤다.

—엄마도 나도, 다 죽어 버렸으면!

어머니는 현수를 노려보았지만 화를 낼 기운조차 없었다.

—그래, 그러자…….

다시 드러누워 훌쩍이는 어머니의 등을 바라보며, 현수는 처음으로 울었다. 그제야 아이는 다시는 행복할 수 없음을 깨달았다.

3

―그래서……?

아버지는 조용히 되물었다. 지나는 행인조차 없이 적막한 골목길에 마주 선 채, 현수는 깊은 숨을 내쉬었다. 가까이서 보니 그의 붉은 눈은 상당히 심각했다. 단순한 충혈이 아니라 실핏줄이 터져 피가 고인 것처럼 보였다. 현수는 그가 처한 곤궁한 상황과 오래도록 계속된 정신적 외상, 누군가를 상처 입힐 수조차 없는 나약함을 생각했다. 그런 이유를 끊임없이 상기함으로써, 그를 더 이상 미워하지 않으려 했다.

―어머니 상태가 꽤 오래된 것 같아요. 강제입원이라도 해야 한다더군요.

끙, 하고 그는 자꾸만 휘어지는 허리를 꼿꼿이 폈다.

―오래전에 인연이 끝난 사람이야. 네가 알아서 하면 될 일을…….

현수는 그의 멱살을 잡고 무슨 말이든 퍼붓고 싶은 것을 간신히 참았다.

―아직 법적 배우자잖아요. 같이 가서 동의서에 서명이라도

하세요.

아버지는 찬찬히 현수를 보았다. 숨은 속내를 훑듯 꼼꼼하고 예리한 눈빛이었다.

—네 어머니 정신병원 입원하는데 동의해달라는 거냐? 만나지 못한 지 벌써 십오 년이 넘었다. 남이나 다름이 없어.

— 제가 원하지 않아도 법이 그래요. 법적 보호자니까요.

현수는 대문 곁에 붙어 있는 누나의 실종 전단지를 눈으로 훑으며 딱딱하게 말했다. 이미 누렇게 변색되었고 사례금 삼백만 원이라는 돈도 큰 가치를 상실했지만, 누군가 매일 매만진 것처럼 귀퉁이가 나달나달했다.

—아버지가 가시지 않겠다면 어머니를 이쪽으로 모시고 오겠어요. 어떤 상태인지 직접 확인해야 서명을 하시죠.

현수는 오랜 서러움과 분노를 꾹꾹 눌러 담으며 차갑게 말했다. 아버지에게 흐르지 않는 시간은, 오직 누나의 실종뿐이었다.

처음부터 아버지를 미워한 것은 아니다. 누군들 갑작스레 사라진 딸을 순순히 포기할 수 있으랴. 그가 전국을 떠돌다 이 년 만에 노숙자 같은 몰골로 돌아왔을 때, 현수는 그의 정성과 노력에 진심으로 경탄했다. 무엇보다 어머니의 병적인 변덕을 혼자서 겪지 않아도 된다는 것이 좋았다. 무심하긴 해도 그런대로 자상한 아버지였다. 주말이면 마주 앉아 장기를 두거나 축구를 했고, 고기를 사와 직접 구워 주기도 했다. 말수는 원체 없었다. 그래도 아버지를 어렵게 여기지는 않았다. 스스로 먼저 나서지는 않아도, 원하는 것은 응해주는 아버지. 대부분의 아버지와 비슷했다.

그러나 다시 돌아온 아버지는 예전의 아버지가 아니었다. 마를 대로 말라 쩍쩍 갈라진 강바닥처럼, 예민하게 곤두서고 희망이나 기대도 없이 가라앉았다. 현수는 발소리조차 조심해야 했다. 간혹 아버지의 신경을 건드리는 날에는 여지없이 분노가 쏟아졌다. 그에게는 내일이 없었고, 오늘 한 잔의 술과 세상을 저주하는 일만이 유일한 낙이었다. 가족은 점점 더 가난하고 불행해졌다.

남편이 무서워서, 가난이 무서워서 어머니는 집 밖으로 나섰다. 딱한 사연을 전해들은 관공서에서 알선해준 공공근로였다.

–차라리 풀이라도 뽑으니 머리가 맑아지는 것 같다. 저 화상이 집 안에 틀어박혀 있으니 갈 곳도 없고…….

어머니는 몇 해만에 현수의 등에 손을 얹고 말했다. 학교에서 돌아오는 길이었다. 노지의 화단에 하얀 머릿수건을 동여맨 어머니가 엎디어 있었다. 현수는 슬며시 길을 꺾었다. 현수를 불러 세운 것은 어머니였다. 둘은 슈퍼에서 빵을 두 개 사서 쪼그리고 앉았다. 팥과 크림이 들어간 빵이다.

–미안하다. 생활이 엉망이지?

어머니는 콧물을 훔치며 말했다. 간신히 되살아난 마른 잎처럼, 푸른 잎맥이 듬성듬성 엿보이는 창백한 얼굴. 현수의 가슴 한편이 시큰하다.

–늬 누나가…… 아직도 죽었으면 좋겠니?

현수는 대답하지 않고 손톱을 뜯었다. 벌써 중학생이었다. 코 밑엔 거뭇한 수염이 돋고 이마엔 여드름이 솟았다.

–엄마가 잠깐 어딜 다녀오려고 해. 빚도 많이 늘고 너 대학 가려면 돈도…….

–또 누나 찾으러 가?

되묻는 현수의 말에 잔뜩 날이 섰다. 어머니는 눈을 가늘게 떴다. 백지 같은 슬픔 위로 캄캄한 절망이 흥건하다.

–이제 안 찾아. 안 찾으려고…… 엄마 이제, 살고 싶어

서…….

가슴이 덜컥했다. 그토록 누나를 포기하기를 바랐으면서 정작 그 말은 두렵게 다가왔다. 어디론가 떠나 죽어버리는 게 아닐까, 현수는 불안했다.

–나도 데려가. 따라갈게.

적어도 아버지는 죽지 않는다. 누나를 찾기 전까지 죽음도 그를 막지 못한다. 그것이 저주스러우면서도 다행스러웠다. 현수는 어머니를 지키기 위해 아버지를 떠났다. 열네 살 때의 일이다.

4

집으로 돌아온 현수는 찬물에 세수부터 했다. 벗어나려 할수록 옭아매는 누나의 망령에 질식할 것 같았다. 누나와는 사이가 좋았다. 함께 놀이도 하고 숙제도 했다. 누나에 대한 그리움은 현수도 마찬가지다. 하지만 세월이 흘러도 여전히 그대로인 참혹한 현실을 받아들일 순 없었다.

어머니는 그 후로도 제대로 살지 못했다. 간신히 숨을 쉬고 세상에서 가장 불행한 얼굴로 밥을 먹었다. 마주 앉아 말을 건네도 그 눈은 늘 허공을 맴돌았다. 언젠가는 다시 터지고 말 것이다. 붉은 용암과 펄펄 끓는 증기를 내뿜으며 또 한 번 무너질 것이다. 그 불안함을 읽을 때마다 현수는 속울음을 울었다. 상실은 모두에게 상처를 남겼다. 오직 벗어나기 위해 노력하는 것은 자신뿐이었다.

공부에 흥미가 없던 현수가 맹렬히 몰두하게 된 것은 그때부터다. 눈에 띄지 않던 아이가 갑작스레 우등생이 되자 선생님들이 관심을 가졌다. 어려운 형편을 알고 장학금도 주었다. 현수는 학급임원이 되었고 교내 봉사에도 참여했다. 서서히 현수의 삶이 바뀌었다. 친구들이 따르고 대학의 목표도 높아졌다. 어머니는 현수가 받아온 상장이나 좋은 성적표에 엷은 미소를 짓기도 했다. 잃어버렸다고 생각한 것들이 어렴풋이 손에 잡힐 듯했다. 현수는 그렇게도 애타게 여기까지 달려왔다. 오직, 원점으로 돌아가기 위해.

이태리제 소가죽 소파에 몸을 뉘었다. 대리석으로 이어진 바닥, 할로겐 조명에 반짝이는 가구, 창밖으로 펼쳐진 대도시의 불빛들. 어머니를 위해 마련한 사십 평짜리 아파트다. 대학을 졸업하고 곧바로 금융회사에 취업한 현수는 스스로를 무던히도 괴롭히며 성공의 반열에 올랐다. 마침내 이 아파트를 사던 날, 다시 한 번 고왔던 어머니의 웃음을 보리라 얼마나 기대하였던가. 현수는 그날의 일이 떠올라 새삼 가슴이 먹먹해진다.

—난 싫다. 네 집이니, 너만 가거라.

—어머니를 위해 산 집이에요. 같이 가요.

현수는 두 사람이 오랫동안 살아온 작은 주택을 둘러보며 혀를 찼다. 몇 번이나 벽지를 발라도 다시 또 피어나던 곰팡이와 퀴퀴한 습기, 쥐덫마다 바글거리던 구더기. 그는 새삼 진저리를 치며 고개를 저었다.

—정말 지긋지긋해. 이제 다시 돌아올 일은 없을 거예요. 그러니 어머니도 이런 집 따위 훌훌 버리고…….

—난 안 간다.

어머니는 현수의 말을 냉정하게 잘랐다. 극심했던 생의 고통은 어머니 얼굴에 나이보다 깊은 주름과 그늘을 남겼다. 현수는 이 가여운 어머니를 반드시 설득하리라 생각했다. 어렵지는 않을 것이다. 어머니들은 곧잘 이런 일에 변덕을 부리는 법이다.

그러나 시간이 흘러도 어머니의 결심은 변하지 않았다. 단순한 오기나 변덕이 아니었다. 그것은 모질게 이어오던 삶의 의지를 놓아버리고픈 오랜 소망이었다.

자식을 잃어버린 고통은 다른 자식으로도 치유할 수 없는 화인火印이고 족쇄다. 행복할 수도 웃을 수도 멀쩡히 살아갈 수는 더더욱 없다.

–이제…… 쉬고 싶다. 좀 쉬고 싶어.

기세가 누그러진 아들에게 어머니는 오히려 당부하듯 나긋나긋 일렀다. 휴가라도 떠나는 것처럼 담담했다. 봉합할 수 없는 상처도 있다. 거짓된 행복으로나마 아들에 대한 의무를 다해온 어머니를 욕할 순 없었다. 새삼스런 한기가 온몸에 스몄다. 화가 난다기보다 아팠고 아프다기보다 슬펐다. 뱀의 혓바닥 같은 깊은 절망이 모두를 집어삼켜 그 끝엔 아무것도 남지 않으리라. 현수는 황급히 그 집을 떠났다. 어머니에게서, 과거에게서, 되묻고 되물어도 결코 대답하지 않을 누나의 실종으로부터.

매달 오십만 원을 어머니의 계좌에 넣었다. 어머니에게선 아무런 답신이 없었다. 그렇게 현수는 혼자 남았다. 외로울 때는 연애를 했고 명절에는 해외로 떠났다. 결혼은 하지 않을 생각이었다. 가족이라면 진절머리가 났다. 청결한 집 안에서 홀로 살아가는 생활은 단조로우면서 명확했다. 외부로부터의 상처는 조금도 들어설 수 없다.

5

지역 사회복지사로부터 전화가 걸려온 것이 며칠 전이다. 어머니를 못 만난 지 몇 해 되었고 아예 잊고 사는 경우도 허다했다. 이순옥 씨 문제로 전화했다는 말에, 현수는 잠시 눈을 끔벅거렸다.

—이…… 순옥 씨요?

—아드님 정현수 씨 아니신가요?

사회복지사는 숙달된 업무를 처리하듯 빠르게 말을 이었다. 어머니 집에 신당 비슷한 게 차려졌는데, 밤마다 굿판이 벌어진다, 꽹과리니 방울소리는 그렇다 치고 그칠 줄 모르는 곡소리 때문에 주민들의 민원이 빗발친다, 경찰이 나서서 주의를 주었고 복지사들이 상담도 진행했는데, 어머니의 상태가 예사롭지 않다, 신의 계시를 받았다고 했다가 도와달라고 했다가 횡설수설이고, 집 안의 상태도 도저히 사람이 머물 수 없을 만큼 심각해서 정신적인 문제로 보인다, 더 이상 방관할 수 없어서 가족의 인계가 없다면 시설에 보호조치 하겠다…….

전혀 예상치 못한 일이다. 종교나 무속에 의지하는 일은 이미 오래전에 버린 줄로 알았다. 기도하고 통곡한다고 해서 되돌릴 수 없다는 것을 누구보다 잘 알고 있던 어머니였다. 그런데도 그 허전한 삶의 구멍을 채울 것은 신에게 다시 매달리는 일 뿐이었던 모양이다. 현수의 가슴에 우수수 찬바람이 불어들었다.

몇 해 만에 만난 어머니는 전혀 다른 사람이었다. 집 안은 정체 모를 불상과 부적, 타다 남은 양초들로 가득하고, 쓰레기와 상한 음식들이 엉켜 악취가 진동했다. 낡은 오디오에서는 주문 같은 불경이 흘러나오고 사나운 개 한 마리가 침대 위에 앉아 컹컹 날카롭게 짖어댄다.

–누가 마음대로 신당에 들어오오?

자그만 밥상 앞에 앉아 손을 모으고 있던 어머니가 벌떡 일어나더니 아들도 알아보지 못하고 역정을 냈다.

―불쌍한 혼이나마 거두려고 애를 쓰는데 왜 가만 두질 않소? 신께서 훼방질하는 놈들을 가만두지 않을 거요. 당신들은 몰라…… 얼마나 착한 아이였는데…….

몰라보게 야윈 어머니의 가냘픈 어깻죽지가 오들오들 떨렸다. 얼굴은 파리하고 입술은 혈색 하나 없이 보라빛이다. 그 입에서 구슬픈 기도가 흘러나왔다.

―사방팔방 동서남북 사방신이시여…… 죄 많은 자식 넋이라도 구하여서 이역만리 저승길이 눈앞인 듯 발밑인 듯…….

민요 같기도 하고 혼잣말 같기도 한 기도였다. 어머니는 어느새 불상 앞에 넙죽 엎디어 있었다. 낡은 셔츠와 치맛자락은 더러웠고 하나로 동여맨 머리칼은 하얗게 세었다. 현수는 기막혀 주저앉고 싶었고 따져 묻고 싶었다. 왜요…… 왜…… 그러나 결국 한 마디도 모진 말을 하지 못하고, 어머니의 간절한 기도를 끝까지 듣고만 있었다.

아버지를 찾기로 한 것은 법적인 동의를 원해서만은 아니었다. 형식적인 그깟 동의서야 어떻게든 할 수 있다. 다만 이제라도 남은 자들끼리 장례를 치루고 싶었다. 차라리 모두가 산회散

華되어버릴지언정, 살아도 산 게 아니라 죽어야 사는 지긋지긋한 천륜이었다. 이제는 진심으로 누나가 죽었기를 바랐다. 죽지도 못한다면, 이 지옥의 문은 출구도 없었다.

6

어머니를 설득하는 일은 쉽지 않았다. 신당을 나서는 일이 자식을 버리는 일이나 되는 것처럼 악을 쓰고 주저앉아 울었다. 그러다가도 문득 눈빛이 어두워지고 흐리멍덩해지면 풀기 없는 여느 노인처럼도 보였다. 현수는 사회복지사들의 도움을 받아 어머니를 임시보호소에 입원시켰다. 신당도 폐가도 아닌 집 안을 대강 정리한 후에는 불상과 부적 등속을 모조리 버렸다. 그 후 아버지를 찾은 것이다. 아버지는 박제된 짐승처럼 옛 집에 붙박여 떠나지 못했다. 딸을 기다리며 평생을 보내버린 가여운 사람. 누나 또한 동정하지 않는 바는 아니었지만, 현수는 죽은 듯 살아온 부모가 더욱 가여웠다.

아버지와 만나기로 약속 한 아침, 현수는 어머니에게 먼저 향했다. 약을 먹기 시작한 어머니는 시든 꽃잎같이 푸석한 웃음을 흘리며 현수 뒤를 따랐다. 치료라는 것이 정신을 그저 마비시키는 것일까, 현수의 마음이 어둡다. 어머니가 가끔 은영아, 하고 속삭였다. 누나의 이름이었다. 현수는 1995년, 열다섯 소녀가 어디로 사라졌을까 못 견디게 궁금했다. 아마 끝내 알 수 없을 것이다. 미궁을 헤매는 일만이 이 가족에게 남겨진 천형이었다.

―현수야.

아버지는 지난번처럼 아들의 이름을 먼저 불렀다. 늙은 아내가 뒤를 돌아보았고 둘은 잠시 서로의 모습과 눈 속에서 지난날의 시간을 더듬는 듯 보였다.

―은영 엄마……?

그러자 어머니는 감전된 사람처럼 몸을 푸르르 떨었고 그를 빤히 올려보았다. 까딱까딱 흔들리던 고개가 반듯하게 서고 풀려 있던 두 다리도 꼿꼿이 땅 위를 밟고 섰다. 그러더니 숨을 한껏 몰아쉬며 울대까지 꿈틀댄다. 바짝 마른 두 주먹을 꽉 움켜쥐고 있었다. 무슨 말이 하고 싶었을까? 어머니는 한참 그대로 아버지를 바라보다가 별안간 무엇이라도 빠져나간 것처럼 축 늘어져서 바닥에 주저앉았다.

—원, 정신이라도 똑바로 챙기질 않고…… 그래서야 딸을 알아나 보겠소. 쯧쯧…….

현수는 아버지의 헛된 기대를 그저 가엽게 여겼다. 어머니를 부축해 차에 태우고 아버지에게 자동차 키를 건넸다.

—잠시만 어머니 모시고 바람이라도 쐬어주세요.

—바람?

그는 제 귀를 의심하듯이 되물었다.

—필요한 서류와 절차들이 있어서 그래요. 오래 걸리지 않을 테니, 어머니를 조금만 돌봐주세요. 오늘 병원에 들어가시면 영영 못 나오실지도 몰라요.

현수는 필요 이상 말이 길어졌다. 그가 잠시 생각하더니 이윽고 고개를 끄덕였다.

둘을 태운 차가 떠나는 것을 보고 현수는 희미한 신명을 느꼈다. 악착같이 살아온 대가가 바로 오늘에 있는 것만 같았다. 모든 것의 마침표를 찍는다. 인근의 주유소로 향했다. 넉넉한 양의 휘발유를 사고 라이터만 준비하면 된다. 두 사람과 만난 장소는 옛 집에서 멀지 않았다. 필시 모든 것을 눈치챌 것이다. 그래도 좋았다. 아니 그러길 바랐다. 꽃 같은 불이 일어나 모든 걸 태울 것이다. 이십 년도 넘은 전단지, 피켓, 누이의 일기장, 옷가지, 전국 방방곡곡 그가 다녀온 지역을 표시한 낡아빠진 지도까지.

그다음엔 어머니의 집을 불태워버릴 생각이었다. 삭을 대로 삭아 허울만 남아버린 그 집을 모조리 태워버리고 나면 어머니의 벌레 먹은 정신과 흐릿한 기억이나마 제대로 돌아올 수 있으리라.

아버지의 집 문을 여는 일은 어렵지 않다. 열네 살 그때처럼 아직도 문에는 비밀스런 노끈이 달려 있어 잡아당기자 어김없이 품을 내준다.

먼저 마당의 고물들에 휘발유를 뿌렸다. 폐지, 쓰레기, 헌 옷 더미, 계단 주변과 현관에도 뿌린다. 현관문은 열려 있었다. 현수는 저벅저벅 걸어 들어가 거침없이 휘발유를 부었다. 벽보에도 전단지 더미에도 혹여 남는 것이 있을 새라 꼼꼼히 적셨다. 누나의 방 문을 벌컥 열고 들어선다. 교복, 교과서, 각종 학용품…… 그 한편에 가족이 함께 찍은 사진이 놓였다. 사십 대 중반의 아버지와 어머니, 열다섯의 누나와 열 살의 자신. 현수는 망설이다가 액자에서 사진만을 꺼내 밖으로 나선다. 빈 휘발유 통을 내던진 후 그 사진에 불을 붙였다. 가족은 영원히 불행하였다는 몸서리치는 결말로부터 벗어나기 위해 무슨 짓이든 할 것이다. 어린 소년의 미소가, 사춘기 소녀의 눈망울이 속절없이 일그러진다. 현수는 그것을 마당의 폐지 더미에 던졌다. 불길은 신경질적으로 타올랐다. 고물 가전이 펑펑 터지기도 하고 타닥 타닥 휘어들거나 지독한 냄새를 풍기기도 하면서 집 안은 일시에 화마에 뒤덮였다.

현수는 대문 밖에서 불타오르는 집을 우두커니 바라보았다. 사람들이 웅긋쭝긋 둘러서서 혀를 차기도 하고 덜덜 떨기도 했다. 어디선가 사이렌 소리가 들린다. 그러나 너무 늦었다. 이미 불길은 걷잡을 수 없다. 현수가 비칠비칠 웃고 섰는데 딱딱하고 고집스런 손아귀가 멱살을 붙든다.

–이 바보 같은……! 늬 누나는…… 어디로 돌아오라는 게야!

현수는 천천히 도리질한다.

–누나는 오지 않아요.

–허튼소리 하지 말어!

아버지는 번질거리는 눈으로 애원하듯 소리쳤다. 아버지 뒤편으로 허깨비처럼 서 있는 어머니가 보인다. 어머니는 기막힌 절경이라도 보듯 얼이 나갔고 가끔 뭔가를 잡을 듯 허공을 휘저었다. 그 품에 어느새 주웠는지 모를 누나의 전단지가 안겨 있다.

현수에게로 불이 옮아 붙은 건 바람 때문이었다. 휘발유에 젖은 소매 깃에 티끌처럼 날아온 불씨가 순식간에 팔뚝까지 번졌다. 현수는 놀라지도 않고 그것을 내려다본다. 멱살을 붙들고 섰던 아버지가 외마디를 내지르며 그를 끌어안았다. 불은 아버지의 완고한 가슴에 파묻혔고 살타는 냄새가 섬뜩하게 번졌다. 어느새 어머니도 달려왔다. 검불처럼 말라비틀어진 조그만 몸을 한껏 벌려 둘을 끌어안는다. 어머니 품속의 낡은 전단지가 한 움큼의 불길과 함께 일순간에 사라졌다.

–안 돼, 안 된다…… 너만은…….

두 사람의 목소리가 열기와 긴장으로 팽팽해진 공기를 가르며 현수에게로 꽂혔다. 얼음장 같은 찬 물이 흐르고 뼈마디마다 외풍이 스미던 현수의 몸에, 아주 오랜만에 온기가 스미는 듯하다. 간악한 불씨는 아버지의 아픔을 삭이고 어머니의 슬픔을 녹여 어느새 무위의 티끌로 돌아갔다.

세 사람은 그대로 주저앉는다. 이웃의 긴박한 외침, 소방차가 달려오는 땅의 흔들림…… 세상의 모든 소리가 뿌옇고 어둡다. 현수는 이마를 맞대고 있는 두 노인의 늙음을 똑똑히 보았고, 나약함과 두려움을 비밀스레 엿보았다. 그들의 극복할 수 없는 절망이 새삼스럽게 사무쳐왔다. 서로 그러쥐었던 손아귀에 조금씩 힘이 빠져나가는 것을 현수는 다시금 끌어당겨보았다. 그들의 몸은 여전히 떨리고 있었다. 불타오르는 집으로부터 눈발 같은 흰 재가 희끗희끗 날아올라 그들의 정수리와 어깨에 수북이 쌓인다. 불길은 아름다웠다. 울긋불긋 장식한 꽃상여처럼 처연하고도 화려했다. 어머니의 집에도 이런 희광이 짓을 거듭하리라, 현수는 홀로 생각했다. 생사도 모르는 누나를 위해 주인 없는 장례쯤은 몇 번을 거듭해도 아깝지 않을 것이다. 얼굴을 깊이 파묻고 있던 어머니가 은영아…… 하고 못내 서러운 듯 중얼거렸다.

출구 없는 지옥의 문을 나서기

김대현

출구 없는 지옥의 문을 나서기

이곳에 들어오는 자 모든 희망을 버려라
—단테 「지옥편」, 『신곡』

1

한때 지옥의 존재는 문학적인 영감의 원천이었다. 극한의 고독과 절망으로 가득 찬 공간인 지옥은 현실의 반反공간으로서의 성격을 가지기 때문이다. 사람들은 지옥이라는 반공간을 통해 현실의 삶을 성찰하고 재조직할 수 있었다. 하지만 우리는 이제 더 이상 지옥을 탐구하지 않는다. 이유는 어렵지 않다. 오늘날 우리는 각자의 안에 나름의 지옥을 가지고 있다. 지옥은 도처에

만연하다. 지옥은 더 이상 반공간이 아닌 그 자체로 현실이 된다. 그러므로 오늘의 문학이 고통과 절망을 사유한다는 것은 지금-여기의 세계를 구성하는 근본원리를 사유한다는 것과 다름 아니다.

2

표제작인 「밤의 나라」를 먼저 읽는다. 서사를 이끌어가는 주인공 미호는 언니와 함께 자신의 삶을 스스로 결정할 수 있는 자유를 찾아 북한에서 탈북한 여성이다. 북한에서 중국으로, 중국에서 태국과 라오스를 거쳐 한국에 이르는 동안 미호는 언니의 헌신적인 보살핌에도 불구하고 아버지의 죽음, 어머니와의 이별 등 다양한 고난을 겪는다. 그렇게 간신히 도착한 한국에서 언니는 동업하는 한국 여성에게 속아 재산을 날리고 스스로 목숨을 끊는다. 모든 것에 환멸을 느낀 미호는 한국을 떠나 일본으로 밀항하지만 그곳에서마저 밀항선의 선장에게 사기를 당하고 낯선 곳에서 목숨을 잃을 위기에 처한다.

미호는 자신이 이 세계에서 왜 고통을 겪어야 하는지 알지 못한다. 다만 언니를 위해 자신이 살아야 한다는 것만은 안다. 그 과정에서 미호가 깨달은 건 "누군가의 소유가 된다는 건 좋은 일"(25쪽)이라는 사실이다. 오래전 홉스의 언명처럼 자신의 안전을 보장받기 위해서는 힘을 가진 누군가에게 자신의 자유권을 양도해야 하는 것이다.

> "그것이 조직이다. 조직이라 해도 실체는 없다. 뿌연 연기나 자욱한 안개 속처럼 불분명한 대상이다. 미호는 언제나 그렇게 흐릿한 길 한가운데 서 있는 기분이었다."(20쪽)

자신의 살길을 찾은 미호는 일본에서 무카키라는 남자를 만나 그가 속한 조직의 소유물이 된다. 미호는 조직에서 위조 여권이나 신분증을 전달하는 등의 수상한 일을 담당한다. 미호는 자신의 행동으로 "누군가 이것을 통해 조금 더 행복해지기를"(13쪽)를 바라지만 사실은 누군가를 불행하게 만드는 것임을 어렴풋이 느끼고 있다.

하지만 미호는 자신의 역할이 "무슨 의미가 있는지"(20쪽) 의

문을 품지 않는다. 다수의 의지로 구성된 시스템이 운영되기 위해서는 시스템 구성원들의 인지불능을 전제로 하기 때문이다. 구성원이 조직의 의사를 무시하고 자신의 역할에 의문을 가지는 순간 조직은 위기에 봉착한다. 구성원들은 각자의 역할로 연동된 시스템 속에서 자신의 역할을 알지 못하며 알아서도 안 된다. 아무도 전모를 알지 못하는 흐릿함 속에서 서로는 서로를 끊임없이 공격하고 피해를 입는다. 자신도 모르는 사이 누군가의 삶을 비극으로 향하는 방아쇠를 당겼을지도 모르는 미호의 삶 또한 마찬가지다. 무수히 많은 사람들이 무시로 사라져가는 이 시스템 안에서 모두는 서로가 익명의 가해자이자 동시에 그 피해자라는 이중의 지위를 가진다.

미호가 자신의 역할을 망각하고 고향에서 온 소년에게 관심을 보이는 순간 조직에 의해 대가를 치르는 이유다. 조직의 의사를 거부하고 미호의 다른 삶을 주선하는 무카키의 미래 또한 이와 다르지 않을 것이다.

대형 육계 가공업체들과 납품 계약을 맺은 양계장들이 있는 마을을 배경으로 한 「그 해, 봄」의 등장인물들 또한 앞서의 인물들과 유사한 속성을 가진다. 약간의 정신지체와 우울증을 가진 은정은 함께 살던 노모가 죽자 요양원으로 간다. 프로그램에 따라 진행되는 요양원의 생활은 마치 "거대한 사육장"(177쪽)과 같다. 견디지 못한 은정은 요양원을 탈출하고, 닭 튀김집을 운영하는 철우와 살게 된다. 그곳에서 은정은 철우의 아버지 한 씨가 운영하는 양계장에서 나온 닭을 손질하고 튀긴다. 기이한 점은 은정이 그 과정에서 자신만의 닭을 키우며 애지중지하는 점이다. 이는 "닭 잡는 년이 닭을 키운다"(171쪽)는 아버지 한 씨의 말대로 본질적으로 모순적이다.

흥미로운 점은 은정의 행동을 마뜩치 않게 보는 한 씨와 철우의 사고와 행동 또한 은정과 근본적으로 동일하다는 점이다. 그들은 자신들이 키우는 닭을 육계 가공업체의 이익을 위해 매일 매일 도살한다. 하지만 그들은 조류독감으로 인해 자신들의 닭이 죽어가는 것을 견디지 못한다. 그들은 닭이 죽어야 하는 것을 알지만 이렇게 죽이는 것은 아니라고 생각한다. 철우는 자신의 친구이자 군청의 공무원인 문식과 충돌하면서까지 닭의 학살을 막으려 하지만 그런 노력과 무관하게 닭들은 한 마리도 남기지 못하고 죽어간다. 그들은 자신이 속한 조직이 내린 판단에 어떠한 영향력도 미치지 못한다. 그들 역시 미호나 무카키처럼 시스템의 한 부품에 불과한 것이다.

그들의 삶은 다른 누군가를 위해 끊임없이 다른 삶을 도살하는 용도에 지나지 않는다. 그들의 안티테제인 문식 또한 마찬가지다. 문식도 체제가 시키는 대로 자신의 역할을 수행할 뿐이다. 은정과 문식을 포함한 그들 모두는 “거대한 사육장”안에서 부대끼며 살아가는 존재이다. 그리고 오직 은정만이 이 사육장의 삶을 견디지 못하고 다시 마을을 떠난다.

자신의 선택이 비극적 결과에 아무런 영향을 미치지 않는 것은 「듣지 못한 말」도 마찬가지다. 청각장애를 가진 연홍은 어린 시절 밤일을 하는 엄마로부터 보육원에 버려진다. 성장 후 보육원에서 식모처럼 일하던 연홍은 구호단체에서 하청 일을 하던 남편 선우를 만나 “동화 속의 세상”(79쪽)을 꿈꾸며 보육원을 나온다. 연홍이 선우를 따른 이유는 아무도 자신을 동등한 공동체의 구성원으로 생각하지 않는 상황에서 그가 연홍을 대등한 인간으로 봐준 유일한 사람이었기 때문이다. 하지만 선우가 연홍이 알지 못하는 빚의 존재로 감옥에 들어간 순간부터 연홍의 삶은 피폐해진다. 연홍의 선택이 시작되는 순간이다.

갈 곳이 없는 연홍에게 방을 내준 노인은 연홍이 잠을 자는 틈을 노려 성폭행을 시도한다. 간신히 위기에서 벗어난 연홍은 고소는커녕 노인에게 항의조차 못한 채 아이들을 데리고 방을 나온다. 어렵게 찾아간 시누이는 갓난아기만이라도 자신에게 맡기거나 정부의 지원을 받아보라 권유하지만 연홍은 고집스럽게 자신이 아이를 기르겠다며 거절한다. 허드렛일을 대가로 간신히 방을 얻은 여관의 주인이 권한 "거래"(91쪽)을 거절한 것도 마찬가지다. 이러한 거절은 연홍의 경험에서 유래한다. 정부의 지원을 받기 위한 어머니의 노력이 어떤 멸시로 돌아오는지, "밤일이 잦아지던 엄마"(93쪽)가 보육원에 버린 아이의 삶이 어떤 식으로 진행되는지에 대한 기억이 그 내용이다. 연홍은 아이들의 삶이 자신의 삶을 반복하지 않도록 자신에게 주어진 운명으로부터 도주하기를 바란 것이다.

하지만 연홍의 선택은 하나부터 열까지 전부 실패로 돌아간다. 아이의 빈 사탕 통을 본 연홍은 "눈 딱 감고"(92쪽) 밤일을 시작한다. 연홍이 밤일을 나간 사이 딸은 배고픔을 보채는 갓난아이에게 나프탈렌을 먹여 아이를 사망에 이르게 한다. 체념에 빠진 연홍은 딸을 결국 보육원에 맡기고 떠난다. 원하지 않는 사건을 발생하지 않도록 하기 위한 선택이 역설적으로 그 사건을 발생시킨 것이다. 신이 정한 숙명을 피하기 위해 도주한 것이 결국 자신의 숙명을 이루게 되는 오이디푸스의 비극은 오늘날에도 동일하다. 그에게 저주 받은 신탁을 내린 아폴론이라는 인격신이 자본이라는 물신物神으로 바뀐 것을 제외하고는 말이다.

3

김소윤의 이번 소설집에서 눈에 띄는 인물들은 사랑하는 사람을 잃은 사람들이다. 언제부터인지 모르게 각각의 삶에 틈입하였지만 이제는 영원히 다시 올 수 없는 사람들. 언제까지나 함께 할 것이라 믿었던 이들의 부재는 남은 사람들에게 수인하기 어려운 고통을 가져다준다. 타인의 삶을 자신의 삶과 결합한다는 것은 그의 자산과 부채를 모두 승계하는 것을 의미한다. 즐거운 시간이 소멸하면 남은 것은 그가 남겨놓은 고통인 것이다. 아무도 알지 못하는 슬픔의 총량으로 인해 남겨진 사람들은 각자가 할 수 있는 애도의 행동을 시작한다.

「괜찮습니다. 나는」의 운정은 어느 날 갑작스런 교통사고로 아내 조이를 잃는다. 조이는 필리핀 여성 에리카와 한국 남성 사이 혼혈로 '코피노'라 불린다. 그녀를 생각하지 않기 위해 업무에 매진하던 그는 자신의 친구들이나 가족의 위로가 "아내를 위한 것은 아니"(151쪽)라는 걸 통해 그들이 조이의 삶에 대해 아무런 관심이 없는 것을 깨닫는다. 문제는 자신 역시 조이의 삶에 대해 파편적으로 밖에 알지 못한다는 점에 있다. 운정은 조이의 삶의 흔적을 추적하고 그녀를 위한 애도를 빌어줄 사람들을 찾기 위해 조이의 고향이 자리한 필리핀으로 여정을 떠난다.

그곳에서 운정이 발견한 것은 그가 지금까지 알지 못한 조이의 삶이다. 조이의 아버지와 에리카가 이혼한 후에도 조이는 그럭저럭 자신의 삶과 공간을 사랑할 수 있었다. 문제는 부모가 각각이 새로운 가정을 꾸린 데 있다. 조이의 의사가 배제된 새로운 가족 공동체는 조이를 소외시켰고, 어느새 조이는 두 개의 국가 공동체와 두 개의 가족 공동체 사이에서 어디에도 속하지 못한 경계인의 삶을 산 것이다. 그녀가 모든 걸 버리고 조희라는 이름을 통해 자신의 정체성을 한국인으로 변경하기를 희망한 이유도 이 지점이다.

"내게 섬에서의 시간은 진정한 아내의 장례식과 같았다. 함께 기억하며 웃었고 그리워했다. 그토록 낯설던 두 사람이, 어느샌가 가장 가까운 친구가 되어 있었다."(156쪽)

운정은 조이의 삶의 복원을 통해 자신의 슬픔을 이겨낸다. 조이에 대한 감정을 공유할 수 있는 호세와 에리카와의 만남이 그 원인이다. 운정은 그들과의 대화를 통해 조이로 인한 새로운 인연을 다시 자신의 삶에 틈입시킨다. 이로써 운정은 조이에 대한 애도를 성공적으로 마치고 자신의 삶으로 귀환한다.

하지만 모두가 운정처럼 성공적인 애도를 수행하는 것은 아니다. 누군가의 애도를 종료하고 자신의 삶을 유지하는 데 있어 망각은 필수적이다. 하지만 그것은 자신의 삶에 연동된 타인의 흔적을 소거한다는 중대한 의미를 가진다. 그러므로 어떤 이는 망각을 거부하고 영원히 진행되지 않는 시간 속에 남기를 자처하기도 한다. 「화려한 장례」의 현수의 부모도 마찬가지다.

현수의 누나는 1995년 열다섯 살의 나이로 실종된다. 아버지의 시간이 멈춘 것도 그즈음이다. "아버지는 매일같이 반복된 날을 살고 있었다."(241쪽) 현수의 아버지는 실종된 딸을 찾기 위해 회사를 그만두고 누나의 인적사항이 담긴 전단지를 들고 집을 나선다. 시간이 멈춘 것은 어머니 역시 마찬가지다. 무신론자이던 어머니는 여러 종교에 귀의하며 초자연적인 현상에 몰두하다 심각한 정신적 장애를 가지게 된다. 누나의 상실을 인정하지 않는 그들은 영원히 목적지에 도달하지 못하는 아킬레스의 거북이처럼 누나의 죽음을 언제까지나 유예한다. 어긋난 시간 축에서 "벗어나기 위해 노력하는 것은"(251쪽) 현수뿐이다. 현수는 누나가 차라리 죽기를 바랐다. "죽지도 못한다면, 이 지옥의 문은 출구도 없"(257쪽)는 것이다.

부모와 단절되어 자신의 삶을 살기로 한 현수는 나름의 사회적 성공을 거둔다. 그럼에도 불구하고 사슬처럼 엮인 질긴 인연의 끈은 소멸되지 않는다. 누나의 장례를 치르기까지 어떤 것도 해결되지 않을 것을 깨달은 현수는 누나와 관련된 온갖 잡동사니들이 있는 부모의 집에 방화를 한다. 흩날리는 불꽃 속에서 아버지와 어머니는 누나의 기억이 소멸되는 것을 우려한다.

하지만 현수의 몸에 불꽃이 옮겨 붙은 순간 그동안 멈추어 있던 시간이 드디어 흐르기 시작하고 현수는 부모의 얼굴에서 “두 노인의 늙음을 똑똑히”(263쪽) 확인한다.

누군가의 부재로 시간이 멈추어 있다는 점에서 「J의 크리스마스」도 위의 작품과 동일한 구조를 가진다. 어머니의 사망 후 J와 아버지는 어머니의 희생이 가족을 유지하는 원동력이었다는 걸 깨닫는다. 무엇 하나 잘 돌아가지 않는 것처럼 보이는 집단이 유지되고 있다는 것은 누군가가 희생하고 있다는 말과 다르지 않다. 다만 그 불편한 진실을 다른 구성원들이 알려하지 않았을 뿐이다. 그들은 어머니의 죽음이 자신들의 책임이라 믿는다. “차마 살아갈 수 없었던 것은 바로 그 후회 때문이었다”(235쪽). J가 자칭 “직장을 기다리는 사람”(207쪽)에서 마트의 생선코너에서 일에 집중하게 된 것과 구멍가게를 닫은 아버지가 하루 종일 홈쇼핑을 시청하며 어머니가 사용하던 각질제거기를 부여잡고 각질에 집착하는 이유도 이 지점에 있다.

어쩌면 J와 아버지가 두려워한 것은 어머니의 죽음이 자신들의 책임이 아니라는 사실이었는지도 모른다. 그들의 책임이 아니라면 어머니의 존재는 망각되어도 괜찮은 것이기 때문이다. J

가 자신에게 호의를 가지고 다가오는 정육코너 '김'의 접근을 받아들이지 못하는 것도 같은 이유다. 새로운 인연의 생성은 필연적으로 기존의 인연의 지분을 잠식하기 때문이다. J는 자신이 일하는 마트의 사물死物들처럼 자신을 죽은 것으로 여긴다.

작품의 서사를 요동치게 하는 것은 장롱 위의 여자가 나타난 다음이다. 어머니를 떠올리게 하는 각질 때문에 그녀는 불법적인 침입에도 불구하고 J와의 기묘한 동거를 허락받는다. 몇 번의 대화를 거친 J와 여자는 함께 주문진에 여행을 간 후 싱싱한 밀복의 존재를 통해 자신이 죽어 있는 것이 아닌 살아 있는 존재임을 깨닫는다.

집으로 돌아온 J는 어머니의 죽음을 비롯한 아버지의 몰락이 아버지의 잘못이 아님을 깨닫고 그동안 미루어두었던 아버지의 각질을 벗겨내며 다시 그들의 시간은 흐르게 된다. 이로써 J와 아버지는 어머니에 대한 애도를 마무리하고 다시 그들의 삶을 새로이 시작한다.

4

이렇게 헤어날 수 없는 고통과 절망 속에서 살아가는 사람들은 언제나 우리 곁에 자리한다. 하지만 그래도 그들이 굴하지 않고 살아 있는 이유는 무얼까. 그들의 고통에 감응해주는 사람들이 있기 때문이다. 불치의 고통을 치유할 수 있는 것은 약이 아니라 그들의 고통을 들어주는 것이다. 김소윤의 서사에도 이런 사람들이 등장한다. 나머지 서사 중 「발끝으로 서다」를 먼저 읽는다.

비정규직 여성인 '나'는 직장 상사이자 유부남인 K와 연인 관계에 빠진다. 어린 시절의 '나'는 어머니가 가출한 후 아버지의 학대 아래에서 자란다. 아버지의 학대는 자기모멸로 이어지고 이는 성장한 후에도 '나'의 정신적 외상으로 남는다. '나'가 인간의 애정을 찾은 것은 아버지의 죽음으로 외할머니와 함께 산 다음부터다. 외할머니는 '나'를 인간으로 봐준 유일한 사람이다. 외할머니가 사망 후 '나'는 다시 인간의 애정에 굶주림을 가진다. '나'가 몇 번의 연애를 거치며 "사랑의 완급을 조절하기보다 한껏 사랑하고 피투성이가 되는 쪽이 훨씬 쉬"(107~108쪽)운 이유도 여기에 있다. K와의 관계도 마찬가지다.

그러나 K의 생각은 '나'와는 다르다. 그가 '나'에게 원하는 것은 연인으로서의 유대가 아닌 자신의 능력을 외부에 과시하기 위한 성적 파트너에 지나지 않는다. 관계의 겉과 속이 다른 것은 정규직이자 회사의 선임인 'J'도 마찬가지다. J는 계약직 처지인 '나'를 걱정하는 것처럼 말하지만 "정규직 전환을 반대하는 것은 사실 J와 같은 선임들이"(103쪽)다. 그리고 J가 '나'의 정규직 전환을 반대하는 데는 이유가 있다. 유리천장으로 인해 더 이상의 신분상승이 불가능한 현실에서 자신의 지위를 높이는 간단한 방법은 자신의 아래에 있는 사람이 자신의 곁으로 오지 못하도록 하면 그만인 것이다. '나'가 K와 관계를 가지는 현실적인 이유도 여기에 있다. 그는 애정뿐만 아니라 정규직으로 전환이나 근무지를 조정할 수 있는 권한을 가진 권력자이기도 한 것이다.

하지만 '나'의 바람은 'K'와의 관계가 파탄 나고 강릉으로 발령이 나면서 마무리 된다. '나'는 마지막까지 '나'를 기만하는 K와의 관계를 청산하기 위해 그의 차를 파손시키고 새로운 길을 찾아 나선다. "많은 것을 잃게 되겠지만"(127쪽) '나'는 걱정하지 않는다. '나'에게는 '나'를 있는 그대로 받아주는 친구 'D'가 남아 있기 때문이다. 진정한 유대란 애초에 조건이 필요 없는 것이다. '나'는 할머니가 처음부터 끝까지 맺어준 친구 'D'를 떠올리며 미소를 짓는다.

이제 미루어 두었던 마지막 서사를 읽는다. 「붉은 목도리」는 소수자들 사이의 연대를 통해 서로가 자신의 존재를 승인받는 이야기다. 서사를 이끄는 두 주인공은 탈북여성인 정순과 일제 강점기에 위안부로 강제 징용된 문옥이다. 두 사람의 공통점은 그들이 공동체의 보호에서 배제되어 그 육신이 성적으로 착취되었다는 점이다.

> "이보시요, 내가 거기 가고 싶어 갔능가? 내가 안 갔으면 당신 마누라, 당신 딸, 당신 누이가 끌려갔을 것을 왜 모르요? 그때 끌려간 처자만 몇 십만인디, 내가 아니면 니고 니가 아니면 낸디!"(43쪽)

문제는 정순과 문옥이 그런 상황에 처한 것이 인과율에 따른 그들의 잘못이 아니라는 점에 있다. 그들의 운명은 문옥의 항변과 같이 누군가 희생이 되면 누군가는 살아남은 가혹한 제로섬의 세계에서 확률의 영역에 무방비로 던져져 있는 것이다. 공동체의 다른 구성원들이 그들의 존재가 드러나지 않기를 바라는 이유도 여기에 있다. 그래야 죄 없는 그들을 지켜주지 못한 죄책감이 사라질 수 있기 때문이다. 그들의 존재가 살아남은 사람들의 죄악의 징표인 것이다. 정순이 수시로 "내 잘못이 아니다."(41쪽)를 중얼거리는 것이나, 문옥이 "그거이 문옥 씨 탓이 아니라니께요."(52쪽)라는 남자의 진술에 마음이 흔들리는 이유이기도 하다.

"시간과 공간은 전혀 다르지만, 참람한 고통만은 서로의 복사판"(49쪽)인 두 여성 사이의 연대는 이렇게 이루어진다. 타인의 고통을 체감할 수 있는 것은 동일한 층위의 고통을 겪은 사람들뿐인 것이다.

5

위안부, 탈북자. 코피노, 장애인 등 김소윤의 서사에 등장하는 인물들은 그동안 우리 사회가 구성원으로 상정하고 있는 표

준적인 모델이 아니다. 그들은 반지하에서 "창문 너머로 이름 모를 여자의 검은 구두"와 "털이 부숭부숭한 종아리"(77쪽)와 시선을 맞추는 연홍과 같이 우리 시선의 높이에 자리하고 있지 않다. 우리가 그들의 삶을 명징하게 인지하지 못하는 까닭이다.

소설이 필요한 이유도 여기에 있다. 소설가는 자신의 공간을 구성하는 존재들에 대해 세밀한 인식을 가진 사람을 말한다. 김소윤 또한 마찬가지다. 김소윤의 시선은 읽는 이의 시선을 어느 한 지점으로 강제하여 지금까지 우리의 시선에 포착되지 않았던 사람들을 보이게 한다는 점에서 어떤 소실점을 가진다. 이로 인해 우리는 지금까지 우리가 마주하지 않은 타인의 고통을 인지할 수 있다. 그들은 공동체의 가장자리에서 우리의 시선에 포착되지 않은 채 위태로운 삶을 영위하고 있는 것이다.

하지만 어떤 삶도 체념을 통해서는 극복되지 않는다. 때문에 그들은 자신을 시험하는 가혹한 운명 앞에서 은정과 같이 광기로 대항하거나 정순과 문옥처럼 자신의 탓이 아니라며 싸운다. 때로는 현수처럼 방화를 통해서라도 저항한다. 아무리 비루한 삶이라도 살아지는 이 끈질긴 생명의 힘. 김소윤의 서사에 등장하는 인물들이 미호와 같이 마지막까지 길을 찾는 이유다. 그

이후에 그들을 기다리는 것이 무엇인지 알 수 있는 방법은 없다. 모두의 바람과 같이 아름다운 길이 있지는 않을 것이다. 하지만 그들은 그래도 간다. 기대도 체념도 없이. 그것이 이 고해로 가득 찬 지옥 속에서 그들, 아니 우리 모두가 살아가는 방식이다.

김대현
문학평론가. 2012년 『실천문학』으로 등단.

작가의 말

소설을 처음 만났을 때 나는 자유로웠다. 무엇에도 구애됨 없이 세상을 마음껏 누볐다. 그건 독자인 나의 권리이고 행복이었다.

소설을 쓰기 시작했을 때 나는 열정이 넘쳤고 욕심이 많았다. 일 분 일 초의 게으름도 소설에 대한 배반으로 느껴졌다. 보고 듣고 느끼는 모든 것에서 낱말과 문장이 떠돌았다. 그때 나는 소설을 거의 숭배하고 있었다.

소설을 써나가면 써나갈수록 아름다운 거리를 익히고 있다. 사랑한다고 해서 모든 것을 소유할 수 없으며 원한다고 해서 전부 얻을 수는 없다. 조금은 오래된 연인같이 소설은 내 곁을 묵묵히 지키고 있다. 너무 가까이에서 숨을 조이지도 않고 너무

먼 거리에서 외면하지도 않은 채, 언젠가는 도달해야 할 아득한 종착역처럼…… 소설은 작가에게 명예나 성공을 가져다줄 수단이 아니라, 그 자체로서 완벽한 세계다. 그렇게 믿고 있다. 그래서 나는 소설과의 아름다운 거리가 사랑스럽다.

작품집의 소설들은 최근 삼사 년간 써온 것이다. 소설 속의 인물들은 모두 결핍과 상처를 지니고 있어서, 쓰면서도 고통스러웠다. 그들의 치유와 행복을 진심으로 바랐고 내가 그래줄 수 있기를 소망했지만, 아마도 그건 내 몫이 아닐 것이다. 내가 할 수 있는 건, 보이지 않는 곳에 숨어 있는 이들을 끌어내 세상 속에 세우는 일뿐이었다. 소설을 써내려가면서 그들의 슬픔과 절규를 들었다. 세상을 향한 외침을 들었다. 설령 그것이 어느 개인이나 사회가 해결할 수 없는 일이라 해도, 서로의 목소리에 귀를 기울이는 것만으로도 조금은 위로가 되지 않을까.

많은 분의 도움을 받았다. 남편과 부모님, 가족, 친구들, 은사님, 선배님, 직장의 상사와 동료들…… 만나고 헤어져온 모든 이들이 스승이었다. 얼마나 또 더 배우고 깨달아야 할지 아직은 가늠되지 않지만, 앞으로도 모두에게 신세를 져야할 듯하다.

책을 내면서 다시 살펴보니 부족한 부분이 많았다. 그럼에도 내가 어떤 문제에 천착해왔는지 알 수 있어서 개인적으로는 뜻 깊었다. 이 소설들이 누군가의 마음에 잠깐이라도 파문을 일으킬 수 있다면, 작가로서 행복할 듯하다. 진심이 담긴 '진짜의 소설'을 찾기 위해 열심히 매진하겠다.

끝으로, 가야 할 길이 먼 내게 힘을 준 봄바람 같은『바람꽃』 출판사 권영임 선생님에게 감사드리며, 내 꼬마 스승이자 평생의 친구가 될 윤호와 윤아에게 고맙다는 말을 꼭 전해야겠다.

2018년 새해

김소윤